René Sommer   Fledermaus im Federhaus

AF237346

BoD
BOOKS on DEMAND

Zuletzt erschienen (edition jeu-littéraire):

Play Huch. Gedichte. ISBN: 978-3-7528-2037-9

Das avocadogrüne Känguru. Kurzgeschichten. ISBN: 978-3-7481-3002-4

Alldadarin. Roman. ISBN: 978-3-7481-5764-9

Der Wal heißt Beethoven. Kurzgeschichten. ISBN: 978-3-7494-4962-0

Eine Frage der Libelle. Gedichte. ISBN: 978-3-7412-9958-2

Der schlafende Löwe. Kurzgeschichten. ISBN: 978-3-7504-0301-7

Trotzdas. Roman. ISBN: 978-3-7504-3790-6

Das Sofa beim Waldstein. Kurzgeschichten. ISBN: 978-3-7519-0507-7

Ultramarin und Rosmarin. Gedichte. ISBN: 978-3-7504-9989-8

Der farngrüne Tiger. Kurzgeschichten. ISBN: 978-3-7526-1113-7

Fernab. Roman. ISBN: 978-3-7526-8382-0

René Sommer

Fledermaus im Federhaus

Kurzgeschichten

Bibliografische Information der Deutschen Nationalbibliothek:
Die Deutsche Nationalbibliothek verzeichnet diese
Publikation in der Deutschen Nationalbibliografie;
detaillierte bibliografische Daten sind im Internet über
http://dnb.dnb.de abrufbar.

Editor Factory: ib-lyric (edition jeu-littéraire 1/8)
Author Photo: Erika Koller
Cover Image: Itta Beaux

Herstellung und Verlag:
BoD – Books on Demand, Norderstedt

ISBN: 978-3-7534-5878-6

Inhalt

Das mintgrüne Haus

Der türkisfarbene Fluss mäandert durch den Wald.

Johann Sebastian Huch stellt sich unter die Äste eines Baums.

Über dem Wasser hängt Sonnenglitzern.

Eine Frau läuft seitwärts, stellt das Bein abwechselnd vor und hinter dem anderen Bein an.

- Hallo, ich bin Winnie Ulmer.

Sie trägt ein Raglankleid.

- Darf ich dich in eine bunte, geheimnisvolle Welt entführen?

Ein Mann eilt mit schnellen Schritten herbei.

- Hallo, ich bin Irving Linz.

Er trägt eine Operettenuniform.

- Ich bin einfach hierhergekommen. Was macht ihr gerade?

Winnie kneift kurz die Augen zusammen.

- Wir reden über einen Ausflug.

Seine Pupillen wandern hin und her.

- Kann ich dabei sein?

Sie öffnet beide Handteller.

- Natürlich!

Sein Herz klopft.

- Dann sind wir zu dritt.

Eine Frau schreitet behutsam.

- Hallo, ich bin Zaza Areti.

Sie trägt einen Glitzerrock.

- Gehen wir in den Wald?

Winnie reckt die Nase.

- Was könnte dort sein?

Zaza breitet die Arme aus.

- Ein Papierstreifen.

Linz hängt an ihren Lippen.

- Ist es weit?

Sie weist mit der Hand und dem abgewinkelten Zeigefinger in die Richtung.

- Nein, nah.

Der Weg führt in den Wald.

Winnie atmet den Duft der Lindenblüten.

- Wie sind wir unterwegs?

Linz lässt eine Hand baumeln.

- Locker.

Zaza bewegt die Hüfte im Kreis.

- Ich bin gern mit euch zusammen.

Das Papier liegt auf einer Felsplatte unter einem mächtigen Baum.

Winnie zieht leicht die Luft ein.

- Was machen wir damit?

Linz winkelt ein Bein an.

- Wir könnten etwas darauf schreiben.

Ein Mann streift durch den Wald.

- Hallo, ich bin Frederico Halm.

Er trägt das Kostüm eines feuerroten Vogels und bringt einen Filzstift.
- Wer will ihn?
Zaza probiert ihn aus.
- Er liegt gut in der Hand.
Sie reicht ihn Huch weiter.
- Schreibst du einen Buchstaben?
Er fragt in ruhigem Ton.
- Welchen?
Winnie klopft ihm von hinten auf die Schulter.
- Ein „H".
Huch kritzelt 3 Striche.
- Ich mache das schon.
Linz hebt nur kurz den Finger in die Höhe und lässt ihn wieder sinken.
- Und jetzt ein „U"!
Huch vergewissert sich.
- Vor dem „H" oder danach?
Zaza streicht mit der Hand über den Papierstreifen.
- Lieber danach!
Huch schreibt das „U".
- Wie sieht es aus?
Halm schnipst mit dem Finger.
- Schwungvoll.
Winnie tänzelt über den Waldboden.
- Nun haben wir „Hu"!

Linz zieht sich an Ästen und Waldreben hoch.

- „Hu"? Ist das ein Ruf?

Zaza fordert Huch auf.

- Hänge 2 weitere Buchstaben an!

Sein Blick schweift in die Runde.

- Welche denn?

Frederico berührt mit dem Daumen die Kuppe des Zeigefingers.

- Zuerst ein „C" und dann ein „H"!

Huch führt es sofort aus.

- Das geht.

Winnie legt ihm eine Hand auf den Rücken.

- Wir haben ein Wort.

Linz beißt sich auf die Unterlippe.

- Huch!

Eine Frau streift durchs Gestrüpp.

                              - Hallo, ich bin Gita Drechsel.

Sie trägt ein Halstuch.

- Wollen wir den Papierstreifen ausstellen?

Winnie beugt die Schultern nach vorn.

- Was meinst du?

Linz kontrolliert den Sitz seiner Uniform.

- Das gefällt mir.

Zaza rollt den Papierstreifen ein.

- Wo ist die Ausstellung?

Gita gibt freundlich Antwort.

- Nur einen Katzensprung entfernt.

Halm streichelt sich das Kinn.

- Wir gehen hin.

Sie zieht beide Augenbrauen nach oben.

- Ich komme mit.

Winnie dreht den Oberkörper.

- Du auch?

Linz ruft mit glockenheller Stimme.

- Ja!

Rauschende Wipfel flankieren den Weg.

Zaza wirft fröhliche Blicke auf die Rolle.

- Gibt es einen besseren Platz für unseren Streifen?

Halm richtet den Daumen nach oben.

- Kaum!

Vor einem mintgrünen Holzhaus bleibt Gita stehen.

- Da sind wir.

Winnie dehnt ihre Beine.

- Soll ich anklopfen?

Ein Mann reißt die Tür mit übertriebenem Schwung auf.

- Hallo, ich bin Perry Quell.

Er trägt ein Golf-Hemd.

- Wollt ihr mich besuchen?

Linz kommt einen Schritt heran.

- Wir haben einen Streifen.

Quell schwingt mit den Knien wie ein Schmetterling.

- Darf ich ihn entrollen?

Zaza glättet den Streifen.

- Ich kann das für dich übernehmen.

Halm dreht die Hand um die Armachse.

- Gefallen dir die Buchstaben?

Quell stößt sich mit den Füßen vom Boden ab.

- Und wie!

Gita kreuzt die Arme über der Brust.

- Stellst du ihn aus?

Er greift mit beiden Händen nach dem Papier.

- Wenn ich darf!

Winnie fühlt sich begeistert.

- Wie gehst du jetzt vor?

Quell hält den Streifen an die Wand neben der Haustür.

- Nun, zuerst suche ich einen passenden Ort.

Eine Frau läuft barfuß übers Moos.

- Hallo, ich bin Lana Oberland.

Sie trägt eine Daunenjacke und bringt 4 Reißnägel.

- Wir brauchen sie.

Linz nimmt einen in die Hand.

- Mit welcher Ecke fangen wir an?

Quell weist mit dem Kopf.

- Ich würde vorschlagen: Rechts oben.

Linz drückt den Reißnagel ein.

- Ich beginne.

Lana reicht ihm die anderen, Stück für Stück.

- Lass dich nicht aufhalten!

Er heftet sie an die Wand.

- Es freut mich, dass ich helfen kann.

Zaza schaut Halm an.

- Was denkst du gerade?

Er sperrt die Augen auf.

- Der Streifen passt.

Gita wirft das Haar mit beiden Händen hinter ihre Schultern.

- Ich mag die Wand. Mintgrün ist meine Lieblingsfarbe.

Quell dreht sich um die eigene Achse.

- Wir beginnen die Ausstellung mit einem Fest.

Er streckt den Arm aus, zeigt ins Haus.

- Darf ich euch einladen?

Winnie tupft mit dem Finger Huch an.

- Sag auch etwas!

Er wirft den Mundwinkel auf.

- Das haben wir zusammen gemacht.

Der Storch bringt ein Buch

Ein Wald und ein Berg rahmen die Bucht mit dem Sand-
strand ein.
Huch blickt auf den See hinaus.
Das Wasser glitzert kristallklar in der Sonne, leuchtet hell-
blau.
Eine Frau nähert sich mit bedächtigen Schritten.

- Hallo, ich bin Rosanna Tacke.

Sie trägt ein Kapuzenkleid.
- Was fangen wir an?
Ein Mann stürmt in die Bucht.

- Hallo, ich bin Balthasar Volt.

Er trägt eine Hasenohrenmütze.
- Ich würde gern trommeln.
Rosanna stützt die Hände in die Hüfte.
- Hast du eine Trommel?
Volt wirft die Lippen auf.
- Nein, leider nicht.
Eine Frau läuft in hurtigen Sprüngen zum Strand.

- Hallo, ich bin Ilana Eder.

Sie trägt ein Baumwollkleid und bringt eine Trommel.

- Passt die Größe?

Rosanna schlägt die Hände über dem Kopf zusammen.

- Ich würde keine andere aussuchen.

Volt stemmt den Ellbogen raus.

- Sie wirkt handlich.

Ilana lenkt den Blick auf die Trommel.

- Wem darf ich sie geben?

Rosanna fiebert vor Erregung.

- Ich möchte zunächst hören, wie sie tönt.

Volt fasst sich ans Herz.

- Ich dränge mich nie vor.

Ilana gibt Huch die Trommel.

- Möchtest du beginnen?

Rosanna streift Huchs Ellbogen.

- Versuch es einfach!

Volt regt ihn an.

- Du traust dich sicher!

Huch tippt mit dem Finger aufs Fell.

- Ich probiere gern neue Sachen aus.

Ilana sieht ihn groß an.

- Was für ein Klang!

Rosanna lauscht aufmerksam.

- Er geht ins Ohr.

Volts Augen leuchten

- Und vom Ohr ins Herz.

Ilana legt ihren Kopf an Huchs Schulter.

- Wie machst du das?

Huch senkt die Lider.

- Ich habe nur das Fell berührt.

16

Rosanna beugt leicht den Arm.

- Wir haben einen Klang erlebt.

Volt greift ins Haar.

- Das wäre ein Moment fürs Tagebuch.

Ilana bestreicht mit dem Finger den Mund.

- Hast du es dabei?

Ein Storch breitet seine großen Flügel aus und schwebt lautlos über den See.

Rosanna blickt auf.

- Soll ich ihn rufen?

Volt schüttelt verwundert den Kopf.

- Warum?

Der Storch zieht eine Schleife, landet am Strand. Er trägt ein Buch im Schnabel.

Ilana geht auf ihn zu.

- Er bringt ein Tagebuch.

Rosanna fragt Volt.

- Bist du sicher?

Volt greift hinter dem Rücken mit der Hand den Oberarm.

- Schau nach!

Der Storch lässt das Buch fallen, fliegt fort.

Ilana bückt sich, streckt ihre Finger aus.

- Es ist ein Tagebuch.

Sie blättert.

- Alle Seiten sind leer.

Ein Mann beschleunigt seinen Gang.

- Hallo, ich bin Magnus Nag.

Er trägt ein Igelkostüm und bringt einen Bleistift.

- Hast du ein Tagebuch?

Rosanna dreht sich nach ihm um.

- Tupfst du einen Punkt hinein?

Nag gibt den Stift Ilana.

- Nein! Lieber gucke ich zu.

Volt fragt sie.

- Schreibst du in Großbuchstaben?

Ilana senkt die Lider.

- Weder groß noch klein!

Sie übergibt das Tagebuch samt Stift Huch.

- Schreibst du gerne?

Er lässt den Blick schweifen.

- Was würdest du an meiner Stelle tun?

Nag atmet tief durch die Nase ein.

- Probiere den Bleistift aus!

Huch spielt mit dem Stift.

- Er passt.

Rosanna richtet die untersuchenden Augen auf ihn.

- Was hast du vor?

Ein Lächeln legt sich auf sein Gesicht.

- Ich könnte einen Strich zeichnen.

Volt streicht sich über den Hinterkopf.

- Ein Buchstabe könnte dem Tagebuch gut anstehen.

Ilana zwinkert.

- Wie wäre es mit einem Wort?

Nag macht eine große, ausladende Handbewegung.

- Ich wünsche einen Satz.

Rosanna lehnt mit der Brust gegen Huchs Arm.

- Welcher trifft auf uns zu?

Volt zuckt mit dem Mundwinkel.

- Vor allem: Genau jetzt und heute.

Huch setzt sich, sagt sich laut 3 Wörter vor.

- Wir sind da.

Ilana guckt ihm über die Schulter.

- Der Moment blitzt auf.

Nag reckt den Hals.

- In einem Satz.

Eine Frau durchquert die Bucht im Geschwindschritt.

- Hallo, ich bin Kuni Yilmaz.

Sie trägt eine Caprihose.

- Schreibt ihr Tagebuch?

Rosannas Augen leuchten.

- Wir haben einen Moment eingefangen.

Volt wippt mit den Fußspitzen.

- Er war flüchtig.

Ilana spricht leise und überlegt.

- Aber festgehalten.

Nag leckt sich die Oberlippe.

- Wohin bringen wir das Buch?

Kuni deutet mit dem Daumen hinter sich.

- Der Ausstellungsraum wäre der bestmögliche Ort.

Rosanna blinzelt mit den Augen.

- Wo ist er?

Volt wischt sich über den Mund.

- Weißt du es?

Kuni dreht sich um.

- Ja, ganz in der Nähe.

Der Weg verläuft unter hohen Bäumen am Wasser entlang.

Ilana nimmt Huch das Tagebuch ab.

- Ich trage es.

Nag zeigt auf den Bleistift.

- Darf ich ihn haben?

Huch legt ihn in seine Hand.

- Du hast ihn gut gespitzt.

Meterlange Waldreben reichen bis fast ans Wasser.

Rosanna spielt mit ihrer Halskette.

- Da könnte ich bleiben.

Volt schaut auf die Wellen hinaus.

- Zeit habe ich nur, wenn ich sie frei verbummeln darf.

Ein Haus ist nur durch einen Steg mit dem Ufer verbunden.

Es steht auf Stelzen im Wasser.

Kuni wippt mit dem Fuß.

- Über den Steg gelangen wir zum Ausstellungsraum.

Ilanas Gesicht hellt sich auf.

- Dann stehe ich direkt davor.

Nag schaut erwartungsfroh.

- Wir zeigen das Tagebuch.

Ein Mann tritt aus der Tür.

- Hallo, ich bin Sammy Cam.

Er trägt eine Kapitänsmütze.

- Was liegt an?

Kuni läuft über den Steg.

- Wir kommen zu dir.

Cam schickt aufmunternde Blicke.

- Was wollt ihr ausstellen?

Volt sputet sich.

- Wir haben Wörter im Tagebuch.

Cam atmet ruhig ein.

- Wie viele?

Ilana berührt Huch am Bein.

- Sagst du es?

Er rollt die Zehen ein.

- Es sind 3.

Der leise Flug des Hundes

Vogelstimmen zwitschern.
Huch schaut die Bäume an.
Derart üppig wuchert der Wald, dass selbst die Luft dschungelgrün zu sein scheint.
Eine Frau kommt.

- Hallo, ich bin Zdenka Rameau.

Sie trägt ein Kleid aus Damast.
- Darf ich dich etwas fragen?
Ein Mann durchstreift das Unterholz.

- Hallo, ich bin Norton Olm.

Er trägt eine Lammfellweste.
- Worum geht es?
Zdenka fährt sich durchs Haar.
- Interessiert ihr euch für einen Baum?
Er hebt das Becken an.
- Welchen?
Sie dreht eine Pirouette.
- Eine Pappel.
Olm legt eine Hand seitlich an den Kopf.
- Ich komme mit.
Zdenka lässt ein Lächeln aufblitzen.

- Ziehen wir los!

Er wölbt seinen Körper straff und aufrecht nach vorn.

- Ich sehe uns schon vor dem Baum.

Ein schmaler Pfad führt aus dem Wald.

Zdenka tanzt katzenhaft.

- Wir können überallhin zu Fuß gehen.

Olm lässt sich von der Sonne bescheinen.

- Die Blätter bewegen sich und wir auch.

Die Pappel steht in einer Wiese.

Zdenka lehnt sich mit ausgestreckten Armen an den Stamm.

- Sie ragt turmhoch auf.

Olm öffnet leicht den Mund.

- Und wächst immer höher.

Eine Frau hebt freundlich die Hand und winkt.

- Hallo, ich bin Denise Maiwald.

Sie trägt ein Eichhörnchenkostüm.

- Es gibt eine Riesenorange.

Zdenka wölbt die Lippen nach vorn.

- Wo?

Olm streckt und dehnt sich.

- Das nimmt mich auch wunder.

Denise spreizt das Bein tänzerisch ab.

- Ich kenne den Weg.

Zdenka zupft das Kleid zurecht.

- Gehst du voran?

Olm zupft sich am Ohrläppchen.

- Wir folgen dir.

Einmal wendet sich der Weg nach links, dann nach rechts.

Denise beugt den Oberkörper ein wenig nach vorne.

- Schaut euch um!

Vögel zwitschern. Grillen zirpen.

Zdenka nimmt die Blumen im Streifblick wahr.

- Hättest du gern einen Blumennamen?

Olm macht eine Aufwärmübung.

- Ja, ich würde gern Enzian heißen.

Mitten im Grasland ruht eine Orange. Sie hat die Größe eines Iglus.

Denise sagt mit weit ausholendem Schwung des Arms.

- Hast du sie dir größer vorgestellt?

Zdenka drückt das Kreuz durch.

- Nein! Solch eine Orange sah ich noch nie.

Olm geht in eine tiefe Hocke.

- Was passiert da?

Eine Messerspitze durchstößt die Schale, schneidet einen kreisförmigen Ausgang.

Denise berührt leicht Huchs Unterarm.

- Bist du gespannt?

Ein Mann kommt mit großen Schritten.

                              - Hallo, ich bin Kay Henn.

Er trägt einen Maßanzug.

- Frage mich!

Seine Zähne blitzen beim Lächeln hervor.

- Ich antworte schnell und prompt.

Zdenka schiebt die Hüfte etwas vor.

- Bist du neugierig?

Henn fasst sich an die Nase.

- Und wie!

Eine Frau kriecht aus der Orange.

- Hallo, ich bin Quintana Pieper.

Sie trägt ein Faltenkleid.

- Ich habe Stimmen gehört.

Olm zieht die Oberlippe auf einer Seite nach oben.

- Waren wir zu laut?

Quintana begrüßt ihn mit Handschlag.

- Nein, genau richtig!

Henn winkelt den Arm an.

- Wie ist es, aus einer Orange zu schlüpfen?

Quintana streckt den Fuß.

- Plötzlich kommt das Licht.

Ein Mann durchquert die Wiese.

- Hallo, ich bin Uriah Yang.

Er trägt ein Narrenkostüm.

- Wer begleitet mich zur Bretterbühne?

Zdenka stellt sich auf ein Bein.

- Ich! Aber ich möchte nicht bloß zuschauen.

Olm beginnt mit Tanzen.

- Ich würde gern auftreten.

Yang winkt.

- Ist gut! Gehen wir!

Schmetterlinge tanzen entlang des Wegs.

Denise fragt Henn.

26

- Wie siehst du dich auf der Bühne?

Henn jongliert mit unsichtbaren Bällen.

- Als Akrobaten mit 4 Händen.

Eine Wiese voller Blumen hebt sich vom blitzblauen Himmel ab.

Quintana wippt mit den Füßen.

- Ich stelle mich auf die Zehenspitzen.

Ein dunkelroter Samtvorhang weht auf der Bretterbühne.

Yang klemmt die Mundwinkel zu einem Lächeln ein.

- Wenn ihr aufblickt, seht ihr die Treppe.

Zdenka steigt auf die Rampe.

- Ich bin eine Seifenblase und schwebe hinauf.

Olm trippelt die Stufen hoch.

- Ich komme als Tausendfüßler.

Denise betritt die Bühne, dreht sich um.

- Was sagst du dazu?

Henn folgt ihr.

- Irgendetwas liegt auf meiner Lippe, ein Spinnfaden oder eine Mücke.

Quintana fragt Yang.

- Was hast du vor?

Er rennt im Kreis herum.

- Ich überrunde mich.

Eine Frau durchmisst die Blumenwiese mit eleganten Schritten.

- Hallo, ich bin Whitney Valdivia.

Sie ist ganz in Weiß gekleidet, gesellt sich zu Huch.

- Warum stehst du nicht auf der Bühne?

Er überkreuzt leicht die Beine.

- Ich bin eher langsam.

Whitney legt ihre linke Hand auf seinen Oberarm.

- Möchtest du einen fliegenden Hund sehen?

Zdenka ruft von der Rampe herab.

- Haben wir das richtig gehört?

Olm atmet tief durch.

- Wohin geht ihr?

Whitney reckt den Kopf empor.

- Zu einem fliegenden Hund.

Denise lässt die Arme schwingen.

- Wir kommen mit.

Henn befeuchtet seine Lippen.

- Es gibt nur ein Bedenken.

Quintana zeichnet mit der Zehe einen Kreis.

- Wir finden es schön auf der Bühne und bleiben da oben.

Whitney setzt den Fuß zum Gehen an.

- Kommt später nach!

Yang streicht sich übers Gesicht.

- Das könnten wir.

Zdenka neigt den Oberkörper leicht nach vorn.

- Sobald sich eine Pause einschieben lässt.

Whitney lehnt sich zu Huch.

- Wartest du die Pause ab?

Er guckt neugierig.

- Was würdest du selber am liebsten tun?

Sie versetzt ihm einen leichten Stoß.

- Wir gehen, von jetzt auf gleich!

Der Weg windet sich den Hang hinauf.

Whitney springt einen Schritt vor.

- Hörst du deinen eigenen Herzschlag?

Huch setzt die Ferse auf und rollt den Fuß ab.

- Wenn ich stillstehe und horche.

In der Wiese liegt ein knallroter Hund. Er hat die Flügel angelegt.

Whitney fährt sich mit der Zunge über den Mundwinkel.

- Er schaut zu uns herüber.

Huch zieht die Augenbraue kurz hoch.

- Was hat er vor?

Der Hund rappelt sich auf, schlägt die Flügel, fliegt weg.

Whitney streift Huch mit dem Finger am Handrücken.

- Finde es heraus!

Lavendel im verwilderten Garten

Ein Wasserfall prasselt vom Felsen.
Huch hört dem Rauschen zu.
Die Luft durchzieht goldener Dunst.
Eine Frau kundschaftet den Wald aus.

- Hallo, ich bin Cora Gaya.

Sie trägt ein Hanfkleid.
- Möchtest du Blumen sehen?
Huch dehnt den Hals.
- Duften sie?
Cora schiebt die Hüfte leicht nach vorn.
- Ja! Du nimmst den Duft selbst im Vorbeigehen wahr.
Ein Mann bahnt sich einen Weg durchs grüne Dickicht.

- Hallo, ich bin Lars Thies.

Er trägt einen Papierhut.
- Wo sind die Blumen?
Sie deutet mit dem Zeigefinger.
- Unweit von hier.
Thies hüpft auf und ab.
- Führst du uns hin?
Cora sortiert sich eine Haarsträhne hinters Ohr.
- Das mache ich.

Der Weg steigt zuerst ganz sacht, dann immer steiler an.

Thies atmet geräuschvoll.

- Es geht bergauf.

Sie reckt den Kopf in die Höhe.

- Bin ich zu schnell?

Er zieht die Nasenlöcher leicht zusammen.

- Also ich würde viel darum geben, wenn ich Flügel an den Schuhen hätte.

Sein Lächeln wirkt aufmunternd.

- Wie du.

Am Waldrand blüht der Lavendel in einem verwilderten Garten.

Cora schließt die Augen.

- Ich mag den Duft.

Unter einem Baum steht ein begehbarer Schrank.

Eine Frau entschlüpft durch die schmale Tür.

- Hallo, ich bin Ina Flassbeck.

Sie trägt ein Jackenkleid.

- Ich brauche neue Kleider.

Cora streckt den Arm aus.

- Wenn du mit uns kommen willst, mach es!

Thies dreht den Oberkörper.

- Wir sehen uns um.

Ina führt den Handrücken an die Stirn.

- Ich öffne die Jacke.

Ein Mann tritt ruhig und gelassen auf.

- Hallo, ich bin Adalberto Schranz.

Er trägt ein Safarihemd.

- Mir hilft es, wenn ich mich luftig kleide.

Cora neigt sich keck seitwärts.

- Wo findest du deine Kleider?

Thies steht unsicher lächelnd, leicht schief.

- Musst du weit gehen?

Schranz winkt locker.

- Nein, der Weg ist kurz.

Ina stößt die Luft aus, als würde sie sich einen Ruck geben.

- Ich suche einen Morgenrock.

Ein verschlungener Pfad führt durch den Südhang.

Cora beginnt zu lächeln.

- Es ist aber Nachmittag.

Thies streift mit dem Zeigefinger über den Nasenflügel.

- Wie wäre es mit einem Nachmittagskleid?

Schmetterlinge flattern um einen Garderobenständer, an dem zahllose Kleider hängen.

Ina boxt Huch sanft gegen den Arm.

- Was nimmst du?

Er steht aufrecht, sodass Oberkörper und Oberschenkel eine gerade Linie bilden.

- Ich überlege zuerst, was ich ablegen könnte.

Schranz hebt einen Finger.

- Mach das! Und dann probierst du einfach etwas an.

Cora lässt den Mund vor Staunen offenstehen.

- Warum schaue ich die ganze Zeit nur Inas Jacke an?

Thies zögert.

- Hängt eine ähnliche am Ständer?

Eine Frau bewegt sich geschmeidig und gelenkig.

- Hallo, ich bin Elfi Barbosa.

Sie trägt ein Mandalatuch.

- Wer wünscht neue Kleider?

Ina zeigt auf sich und lacht.

- Ich! Was könnte ich tragen?

Elfi schiebt die Oberlippe über die Zähne.

- Du hast eher zu viel an.

Ina wischt sich mit der Hand über die Wange.

- Das stimmt.

Elfi legt beide Hände hinter den Kopf mit dem Ellbogen nach außen.

- Eine Fussel ist auf deiner Jacke.

Ina wischt sie weg.

- Das ist eine Faser, keine Fussel.

Schranz zieht die Mundwinkel hoch.

- Ich habe auch schon eine Faser mit einer Fussel verwechselt, weil sie aufs Haar einer Fussel glich.

Elfi hilft ihr aus der Jacke.

- Zieh sie aus!

Ina begleitet den Blick mit einem Lächeln.

- Und wo soll ich sie hintun?

Cora nimmt sie ihr ab.

- Ich lege sie an.

Ina streift das Kleid ab, fragt Elfi.

- Willst du es tragen?

Elfi schlüpft hinein.

- Warum nicht?

Thies wirft ihr einen Blick zu.

- Es steht dir.

Inas Augenbrauen hüpfen.

- Du siehst gut aus.

Schranz wippt herum.

- Es ist dir auf den Leib geschnitten.

Elfi macht ein paar Schritte in Inas Kleid.

- Ich behalte es an.

Cora wendet sich an Ina.

- Suche dir etwas Neues aus!

Thies trommelt mit den Fingern auf den Garderobenständer.

- Stöbere ungeniert!

Ina greift einen Bügel heraus.

- Das ist ein Nachmittagskleid.

Schranz beugt den Rücken.

- Genau! Es fällt leichter als ein Abendkleid.

Elfi führt die Zunge zur Oberlippe.

- Damit wirst du bewundert.

Ina legt das Kleid an.

- Was sagt ihr?

Cora reckt die Schultern.

- Ich könnte mich Hals über Kopf in dich verlieben.

Thies nickt freundlich.

- In einem Vormittagskleid könntest du nicht so bestimmt auftreten.

Ina legt Huch die Hand auf die Schulter.

- Was gefällt dir?

Ein Mann federt herbei.

- Hallo, ich bin Jay Denk.

Er trägt einen Tropenhut.

- Auf meiner Wunschliste steht eine Weste ganz oben.

Schranz deutet auf den Garderobenständer.

- Welche darf es sein?

Elfi verschränkt die Finger.

- Denkst du an eine bestimmte?

Cora greift eine Weste heraus.

- Sie hat auf dich gewartet.

Thies beugt leicht das Standbein.

- Ich sehe sie und denke sofort an eine Scheibe Ananas.

Ina setzt einen freundlichen Blick auf.

- Da kannst du kaum widerstehen.

Denk probiert sie an.

- Mir kommt sie eher wie 2 Scheiben vor.

Schranz springt wie ein Gummiball.

- Sie hat die richtige Größe.

Elfi lächelt von Ohr zu Ohr.

- Kennst du die Geschichte vom Mann, der in einer Ananas wohnt?

Denk fährt sich über das Kinn.

- Nein, nie gehört! Aber ihr habt mich überzeugt.

Eine Frau taucht auf.

- Hallo, ich bin Paola Zeller.

Sie trägt ein Organza-Kleid.

- Ich sah 2 Schränke. Sie sind aufeinandergestapelt.

Cora hebt den Kopf.

- Das muss ich sehen. Wer kommt mit?

Thies sagt spontan zu.

36

- Ich nehme einen Stein mit.

Paola lässt den Blick über den Südhang schweifen.

- Ist gut! Dann begeben wir uns auf eine spannende Entdeckungsreise.

Entlang des Pfades wachsen wilde Blumen.

Ina hakt sich mit dem Arm bei Huch ein.

- Bei uns kannst du viel lernen.

Er hebt den Daumen.

- Für mich sind gestapelte Schränke etwas Neues.

Der Goldbrunnen

Der Sandsteingipfel leuchtet in Rottönen.
Huch richtet den Blick in die Ferne.
Saftige Wiesen und bemooste Bäume schimmern im Tal.
Eine Frau durchstreift den Hang.

- Hallo, ich bin Wilma Quidor.

Sie trägt ein Paillettenkleid.
- Wohin gehst du?
Ein Mann eilt mit federnden Schritten.

- Hallo, ich bin Knut Vox.

Er trägt ein Matrosenhemd.
- Ich steige auf den Hochzeitsberg.
Wilma zeigt den Anflug eines Lächelns.
- Allein?
Er reckt erwartungsvoll das Kinn.
- Nein, mit euch.
Sie schubst Huch sanft an.
- Der Berg hat eine sanfte Flanke.
Er hebt die Augenbrauen.
- Warum heißt er Hochzeitsberg?
Eine Frau findet sich ein.

- Hallo, ich bin Rama Hartung.

Sie trägt ein Raglankleid.
- Kennt ihr den Weg?
Wilma legt den Finger auf die Unterlippe.
- Kannst du uns führen?
Rama hebt ein Bein etwas vom Boden ab.
- Ich sage nie nein.
Der Weg zieht sich an der Bergflanke hoch.
Vox hält sich die Hand vor den Mund.
- Was könnte ich auf dem Hochzeitsberg tun?
Ein Mann betritt den Weg.

- Hallo, ich bin Orazio Matt.

Er trägt einen Nadelstreifenanzug.
- An deiner Stelle würde ich heiraten.
Wilma setzt eine heitere Miene auf.
- Das wird dir bestimmt gefallen.
Vox lächelt strahlend.
- Es fehlt fast nichts.
Er lockert den Kragen mit dem Zeigefinger.
- Ich habe nur keine Braut.
Eine Frau erklimmt die Serpentinen.

- Hallo, ich bin Undine Yavuz.

Sie trägt ein Safarikleid.
- Ich frage mich, ob ich heirate.
Rama biegt die Finger nacheinander ein.

- Ist das so?

Undine springt in die Höhe.

- Ja! Wie denkst du darüber?

Matt kratzt sich am Nacken.

- Möchtest du meine Meinung hören?

Undine schiebt die Zunge angespannt zwischen die Lippen.

- Unbedingt! Ich bin um jeden Tipp froh.

Er weist auf Vox.

- Knut würde gern Hochzeit feiern.

Wilma schöpft Atem.

- Der Weg steigt doch etwas steil an.

Rama klappt die Lider hoch.

- Atme bewusst langsam und tief!

Matt sagt in gut gelauntem Ton.

- Ich sehe mich bereits als Trauzeugen.

Undine fragt Vox.

- Was passiert, wenn wir heiraten?

Er nimmt seinen ganzen Mut zusammen.

- Dann haben wir einen Trauzeugen.

Wilma streckt die Nase nach vorn.

- Ein paar Schritte weiter befindet sich der Hochzeitsberg.

Vox reckt sich.

- Wir wären also Braut, Trauzeuge und Bräutigam.

Rama blinzelt verschmitzt.

- Sind schon alle Rollen verteilt?

Undine wirbelt auf der Spitze eines Fußes herum.

- Nein, wir laden Gäste ein.

Matt blickt sie ermunternd an.

- Wen denn?

Sie hebt die Hand.

- Alle!

Wilma schreitet froh voran.

- Mich auch in dem Fall.

Vox hält Schritt.

- Ja, du gehörst dazu.

Rama dreht sich nach Matt um.

- Ist Trauzeuge deine Lieblingsrolle?

Er gesellt sich zu ihr.

- Wahrscheinlich schon.

Undine spornt Huch an.

- Du bist gefragt: Passt mein Safarikleid zur Hochzeit?

Ein Mann schlägt den Weg ein.

- Hallo, ich bin Noel Lotz.

Er trägt eine Paradeuniform.

- Das Wichtigste am Hochzeitsfest ist teilzunehmen.

Sie schließt auf.

- Das finde ich auch.

Er läuft hinterher.

- Darf ich Gast sein?

Wilma spreizt die Ellbogen ab.

- Ja, und genieße die frische Luft.

Lotz ist begeistert.

- Ab einer gewissen Höhe würde ich fast von Höhenluft sprechen.

Eine Frau kommt auf leisen Sohlen.

- Hallo, ich bin Allison Campino.

Sie trägt ein Tageskleid.

- Hast du einen Wunsch?

Huch dehnt den Rücken.

- Ja, ich wünsche der Gruppe, die auf den Berg steigt, alles Gute.

Allison schenkt ihm einen Augenaufschlag.

- Schreibe einen Wunschzettel!

Ein Mann tritt aus dem Schatten.

- Hallo, ich bin Tai Diehl.

Er trägt eine Radlerhose und bringt einen Farbstift.

- Ich gebe dir einen Tipp.

Huch kann seine Neugier nicht zügeln.

- Welchen?

Diehl verbiegt kess den Körper.

- Nimm diesen Farbstift!

Er streckt ihn Huch hin.

- Du kannst kaum etwas falsch machen.

Eine Frau verlangsamt ihre Bewegungen.

- Hallo, ich bin Britta Sandner.

Sie trägt ein Velourkleid und bringt einen Zettel.

- Nutze die Chance!

Allison streicht sich eine Locke aus der Stirn.

- Gibt es etwas, das du speziell gernhast?

Diehl drückt Huch den Stift in die Hand.

- Dann solltest du es flugs aufschreiben.

Britta legt den Zettel auf eine Felsplatte.

43

- Wir besorgen es.

Ein Mann wandelt auf dem Weg.

- Hallo, ich bin Paco Jauch.

Er trägt einen Safarihut.

- Ich möchte einen goldenen Finger.

Allison reißt die Augen auf.

- Denkst du an den Daumen?

Diehl kratzt sich am Kinn.

- Oder an den Zeigefinger?

Britta berührt Huch leicht an der Hand.

- Schreib einfach: Goldener Finger.

Er setzt den Farbstift an.

- Für 2 Wörter ist Platz.

Eine Frau strebt der Felsplatte zu.

- Hallo, ich bin Zena Isler.

Sie trägt ein Wickelkleid, guckt Huch über die Schulter.

- Hättest du gern einen goldenen Finger?

Sie entlockt ihm ein Lächeln.

- Warum?

Zena haucht ihm ins Ohr.

- Ich frage nur so.

Allison hält die Luft an.

- Du kommst gerade richtig!

Diehl schiebt die Hände zusammen.

- Der Wunsch ist aufgeschrieben, aber noch nicht erfüllt.

Zena schaut interessiert auf.

- Handschrift gefällt mir.

In ihren Augen blitzt es.

- Ich gehe zum Goldbrunnen.

Brittas Zunge berührt die Oberlippe.

- Ich komme mit.

Jauch macht mit den Armen Bewegungen, als wolle er Glocken läuten.

- Ich tunke meinen Finger ins Wasser.

Ein Pfad führt über den glatten Felsen.

Zena stupst Huch sanft an.

- Du hast nur 2 Worte geschrieben. Möchtest du eines hinzufügen?

Er bewegt die Augenbrauen.

- Welches?

Die Giraffe auf der Krawatte

Tiefe Spalten und einzeln aufragende Nadeln zerklüften die Felsenlandschaft.
Huch klettert über das Geröll.
Orangerot schimmert eine Wand.
Eine Frau balanciert auf den Steinen.

- Hallo, ich bin Florina Geiger.

Sie trägt ein Yogakleid.
- Beobachtest du eine Biene?
Ein Mann bewegt sich ruhigen Schrittes.

- Hallo, ich bin Edgar Herz.

Er trägt einen Tagesanzug.
- Ich sehe gern zu, wie sie fliegt, eine Blüte besucht.
Eine Frau durchquert das Geröll.

- Hallo, ich bin Zora Mette.

Sie trägt ein Zebrakleid.
- Am Waldrand steht ein hohler Baum.
Florina scheint vor Energie zu sprühen.
- Leben Wildbienen darin?
Herz rudert heftig mit den Armen.

- Ich schaue nach.

Zora stemmt den weit ausgestellten Arm in die Hüfte.

- Wir könnten auch zusammen hingehen.

Ein schmaler Bergpfad führt hinunter.

Florina atmet ein.

- Die Föhren riechen.

Herz dreht sich um seine Achse.

- Ich höre ein Summen.

Im Farn am Waldrand wächst Moos an einem Baum. Sein riesiger Stamm ist hohl. Durch einen Spalt fliegen Wildbienen ein und aus.

Zora stellt die Hüfte schräg aus.

- Sie tragen Streifen wie ich.

Eine Biene landet auf einer Malvenblüte.

Florina wippt auf ihren Zehen.

- Ich bin zu groß und zu schwer. Ich kann das nicht.

Herz greift sich an den Kopf.

- Wenn es eine Riesenblume gäbe, würde ich sie sofort besuchen.

Zora tippt Huch auf die Schulter.

- Was geht dir durch den Kopf?

Er guckt fröhlich.

- Die Malve gefällt mir.

Ein Mann duckt sich unter dem Wildwuchs hindurch.

- Hallo, ich bin Claudio Och.

Er trägt eine Wollmütze.

- Willst du eine Biene werden?

Florina lässt die Schulter fallen.

- Wie geht das?

Herz greift an die Nase.

- Wer zeigt es vor?

Eine Frau trifft ein.

- Hallo, ich bin Sally Varel.

Sie trägt ein Abendkleid.

- Was will ich? Durchsichtige oder undurchsichtige Flügel?

Zora fährt sich durch die blonde Strähne auf dem Kopf.

- Ich würde durchsichtige nehmen.

Och dreht sich.

- Wie eine Libelle.

Sally wachsen Flügel.

- Ich verwandle mich aber lieber in eine Biene.

Florina hebt die Brauen.

- Du wirst klein.

Herz streckt die Hände in die Luft.

- Siehst du uns noch?

Sally hebt ab, fliegt weg.

- Nur kurz! Die Bienen warten auf mich.

Zora ruft ihr nach.

- Lass dich nicht aufhalten.

Och wiegt sich beschwingt im Tanz.

- Ich kann ihre Bewegung nachmachen.

Florina richtet den Blick in die Ferne.

- Das war aufregend.

Sie hängt sich bei Huch ein.

- Brauchst du auch eine Pause?

Ein Mann hechelt aus dem Wald.

- Hallo, ich bin Yagiz Wendt.

Er trägt eine Safariuniform.
- Ich werde relaxen.
Eine Frau stößt hinzu.

- Hallo, ich bin Tatjana Rigas.

Sie trägt einen Bademantel.
- Weiter unten hat es eine Bank.
Herz spannt das Becken.
- Zeigst du uns den Weg?
Tatjana hebt die Ferse des hinteren Beins.
- Er ist leicht zu finden, führt immer bergab.
Ein Trampelpfad schlängelt sich durch die Bergwiese.
Zora hält den Kopf in den Wind.
- Ist es hier wild oder kommt es mir nur so vor?
Och kreist die Schulter nach vorn.
- Nun, es hat Wildblumen, Wildbienen.
Von Blüte zu Blüte pfeilt ein Ligusterschwärmer.
Wendt legt beide Handflächen an den Hinterkopf.
- Wie weit müssen wir noch gehen?
Tatjana weist auf einen Felsvorsprung.
- Dort ist die Bank.
Florina setzt sich.
- Für mich ist das eine Yoga-Bank.
Herz lässt sich neben ihr nieder.
- Ich würde eher sagen: Tagesbank.
Zora überschlägt die Beine.
- Da kann ich einen Tag lang darauf sitzen.

Och späht ins Tal.

- Ich höre den Fluss.

Wendt lehnt zurück.

- Würdest du auf einer Schallwelle surfen, wenn du es könntest?

Tatjana zaubert Huch ein kurzes Lächeln ins Gesicht.

- Willst du dich nicht zu uns setzen?

Ein Mann kraxelt den Felsen hinauf.

- Hallo, ich bin Laurus Kang.

Er trägt einen Wollschal.

- Ist die Bank bequem?

Florina lacht hell auf.

- Probiere sie aus!

Kang fläzt sich hin.

- Sie ist hart, aber solid.

Eine Frau spricht Huch von hinten an.

- Hallo, ich bin Quarta Jacobi.

Sie trägt ein Cargo-Kleid.

- Liebst du Giraffen?

Er drückt den Zeigefinger auf die Daumenbeere.

- Sie haben eine eigene Sprache, etwas über meinem Kopf.

Quarta sagt mit lauter, leicht singender Stimme.

- Komm mit!

Der Weg führt quer über den steil ansteigenden Wiesenhang.

Quarta fragt fröhlich.

- Was ziehst du an?

Ein Mann gesellt sich zu ihnen.

- Hallo, ich bin Adem Preuß.

Er trägt eine Zipfelmütze.

- Eine Krawatte würde mir passen.

Sie lächelt mit halboffenen Augen.

- Willst du eine bestimmte Größe?

Preuß blickt sie mit leicht gesenktem Kopf an.

- Nicht unbedingt! Ich möchte einfach ein Tier darauf sehen.

Quarta geht zu einer Eiche.

- Hier sind wir!

Vom Wipfel hängt eine Krawatte herab. Darauf ist eine Giraffe abgebildet.

Preuß klettert auf den Baum.

- Die Giraffe macht sie zum Hingucker.

Quarta fährt mit den Fingerspitzen über die Lippen.

- Die Länge fällt auf.

Er sitzt auf dem Ast.

- Ist sie zu lang?

Sie zwinkert ihm mit drolligem Augenzwinkern zu.

- Schneidest du die Überlänge ab?

Preuß löst den Knopf, lässt die Krawatte fallen.

- Diese Frage ist nicht einfach.

Quarta wirft das Haar in den Nacken.

- Du musst keine Antwort geben.

Er steigt vom Baum.

- Ich sehe 2 Möglichkeiten: Kürzen oder lang lassen.
Eine Frau schwebt im Trippelschritt.

- Hallo, ich bin Babette Underwood.

Sie trägt einen Dress und bringt eine Schere.
- Was liegt im Gras?
Quarta sagt mit einem Zwinkern in den Augenwinkeln.
- Eine Giraffenkrawatte.
Preuß legt sie aus.
- Mach dir ein Bild von ihrer Länge.
Babette spielt mit der Schere.
- Die Klingen tönen beim Schneiden.
Quarta beugt den Oberkörper vor.
- Immer gleich oder kommt es auf den Stoff an?
Preuß krümmt den Rücken.
- Klingen sie eher wie ein Sausen oder ein Ratschen?
Babette blickt zu Huch hinüber.
- Willst du es hören?
Er steckt eine Hand in die Tasche.
- Es könnte einschneidend sein.

Holunderviolett

Beidseits säumt dichter Wald den Fluss.
Huch lehnt gegen einen moosüberwachsenen Stamm.
Das smaragdgrüne Wasser umspielt einen Felsen.
Eine Frau schlendert das Ufer entlang.

- Hallo, ich bin Nele Izeta.

Sie trägt ein Eistanzkleid.
- Wanderst du?
Er wippt mit der Hand.
- Ich höre den Wind in den Blättern.
Nele hebt das Kinn.
- Mir gefällt die Musik.
Ein Mann schreitet forsch vorwärts.

- Hallo, ich bin Damian Mell.

Er trägt einen Ameisenanzug.
- Gerade mal einen Steinwurf entfernt, steht ein Cembalo.
Nele hüpft auf der Stelle.
- Wirf aber keinen Stein darauf!
Mells Arme wirbeln durch die Luft.
- Nein, wir gehen lieber hin.
Der Weg schlängelt sich dem Fluss entlang.
Nele läuft aufgeregt.

- Wie klingt das Cembalo?

Mell hebt lässig die Hand.

- Es hat hohe und tiefe Töne.

Durch die Stille plätschert der Singsang des Wassers.

Nele kaut an den Lippen.

- Würde es untergehen, wenn es in den Fluss fällt?

Er atmet tief ein.

- Es kommt auf die Strömung an.

Das Cembalo steht auf einer Kuppe über dem Fluss.

Nele öffnet den Deckel.

- Schwarze und weiße Tasten wechseln ab.

Mell rückt die Klavierbank.

- Ich kann mir genau vorstellen, wie du sitzt und spielst.

Ihr Blick gleitet ab.

- Ich dachte, das wäre dein Part.

Er stellt ein Bein gestreckt nach hinten.

- Lieber nicht! Weißt du, was meine Stärke ist?

Nele senkt die Arme.

- Hörst du gern zu?

Mell zieht das Kinn leicht zur Brust.

- Ganz genau!

Sie streichelt Huch über den Handrücken.

- Ich sehe dir an, dass du ein Gefühl fürs Cembalo hast.

Huch senkt den Blick.

- Ist das eine Klavierbank?

Ein Schmunzeln gräbt sich in Mells Wangen.

- Ja, willst du sie ausprobieren?

Huch setzt sich.

- Ich rücke sie etwas näher.

Er drückt eine Taste.

56

- Sie lässt sich bewegen.

Nele hält die Luft an.

- Das ist unglaublich!

Mell wiegt den Kopf.

- Der Song prägt sich ein.

Huch erhebt sich neugierig.

- Darf ich etwas fragen?

Nele winkt ab.

- Nicht nötig! Du hast alles gegeben.

Mell trottet vergnügt auf und ab.

- Dein Song klingt nach!

Nele blickt heiter drein.

- Ein Ohrwurm!

Mells Augen werden feucht.

- Jetzt verstehe ich die Musik.

Eine Frau setzt einen Fuß vor den anderen.

- Hallo, ich bin Jo-Jo Quiene.

Sie trägt ein Federkleid.

- Ich suche eine Farbe.

Nele wendet den Kopf.

- Welche gefällt dir?

Mell stützt das Gesicht.

- Soll sie leuchten?

Jo-Jo hebt einen unsichtbaren Eimer in die Höhe.

- Nicht unbedingt!

Sie kippt die Hände.

- Ich will sie wie Wasser über mich schütten.

Ein Mann weicht einem Felsbrocken aus.

- Hallo, ich bin Rolando Leu.

Er trägt eine Badehose.
- Ich bin auf eine Holunderbeere getreten.
Nele spreizt die Arme leicht vom Körper ab.
- Deine Zehe ist violett.
Mell verschränkt die Hände hinter dem Kopf.
- Von diesen Beeren sollten wir mehr bekommen.
Eine Frau bewegt sich aus dem Busch heraus.

- Hallo, ich bin Karolin Hallmann.

Sie trägt ein Gazekleid und bringt einen Eimer voll Saft.
- Ich habe Beeren eingekocht. Wer möchte violett werden?
Jo-Jo übergießt sich mit der Farbe.
- Ich! Vom Scheitel bis zur Zehenspitze.
Leu hebt die Augenbrauen.
- Sogar die Federn sind verfärbt.
Ein Mann lässt die Schritte langsamer werden.

- Hallo, ich bin Yannick Batz.

Er trägt ein Cap und bringt ein leinenweißes Frottiertuch.
- Findest du heraus, wonach mein Waschmittel duftet?
Jo-Jo trocknet sich ab.
- Ich rieche Lavendel.
Sie breitet das Tuch aus.
- Es sieht aus, als ob ein Leopard seine Flecken hinterlassen hätte.

Karolin schaukelt den Arm.

- Sind weiße Inseln im Violett auch Flecken?

Batz tippt sich mit dem Zeigefinger an die Nase.

- Das wären dann unbefleckte Flecken.

Eine Frau zockelt auf die Kuppe.

- Hallo, ich bin Cordula Papenburg.

Sie trägt einen Hosenanzug.

- Ich möchte das Tuch in eine Galerie bringen.

Nele schwenkt den Kopf.

- Zum Waschen?

Mell klatscht sich auf den Bauch.

- Aber ich möchte die Flecken gar nicht entfernen.

Cordula hebt das Frottiertuch auf.

- Darum würde ich es gern ausstellen.

Wild wuchernde Brombeersträucher säumen den Weg.

Jo-Jo wendet sich Leu zu.

- Wäre eine Biene, wenn sie wie ein Mensch summt, ein Mensch?

Er schließt die Augen.

- Nur wenn der Mensch, der sie versteht, eine Biene ist.

Ein Haus versinkt halb im Boden.

Cordula glättet die Stirn.

- Ich kann es kaum glauben, aber wir sind schon da.

Ein Mann öffnet die quietschende Tür.

- Hallo, ich bin Al Ods.

Er trägt einen Dreiteiler.

- Der Flecken am Rand sieht wie ich aus: Kittel, Weste, Hose.

Karolin weist auf das Frottiertuch.

- Er ist aber kleiner als du.

Batz schleudert die Arme nach oben.

- Willst du ihn trotzdem ausstellen?

Ods führt die Ellenbogen zusammen.

- Wo?

Cordula kaut auf ihrer Oberlippe.

- Ich könnte das Tuch über die Tür hängen.

Neles Finger bewegen sich leicht.

- Es soll wie zufällig darüber geworfen aussehen.

Mell dreht den Kopf.

- Und dann, wenn ich näherkomme, passiert etwas mit mir.

Jo-Jo klemmt die Hand unter das Kinn.

- Ich sehe ein Bild, das sich als Tuch tarnt.

Ein Lächeln erhellt Leus Gesicht.

- Vielmehr ein Tuch, das Bild spielt.

Karolin streckt sich genüsslich.

- Oder ein dreigeteilter Fleck.

Batz zeichnet einen Kreis in die Luft.

- Der in Wirklichkeit der Galerist ist.

Cordula wirft das Tuch über die Tür.

- Würdest du die Tür über das Tuch legen?

Ods geht ins Haus.

- Nein, ich hänge sie nie aus.

Er blickt rückwärts.

- Ich lade euch ein. Wir feiern den Beginn der neuen Ausstellung.

Nele stellt einen Fuß auf die Schwelle.

- Ich möchte auch neu beginnen.

Mell drückt sich durch den Türrahmen.

- Was? Ganz von vorn anfangen?

Jo-Jo kreist um sich selbst.

- Neu geboren oder als Embryo in der Fruchtblase?

Leu schließt sich an.

- So weit würde ich persönlich nicht zurückgehen.

Karolin bietet Huch den Arm an.

- Kommst du?

Er schlüpft unter das Tuch.

- Ich habe es nicht besonders eilig.

Das Staubkorn aus dem All

Das Ufer umgibt ein Schilfgürtel.
Huch hält sich die gekrümmten Finger als Fernglas vor die Augen.
Ein riesiges Seerosenfeld schimmert.
Eine Frau setzt einen Schritt vor den anderen.

- Hallo, ich bin Virginia Waldkirch.

Sie trägt ein Jacquard-Kleid.
- Kannst du mit der Hand sprechen?
Huch hebt den Daumen nach oben.
- Etwa so in der Art?
Ein Mann stößt dazu.

- Hallo, ich bin Zach Elf.

Er trägt ein Eisbärkostüm.
- Heißt jemand von euch Sanddorn?
Virginia dreht den Oberkörper.
- Sanddorn? Ist das nicht der Name eines Strauchs?
Elf streckt sich.
- Dann muss er aber selten sein, wenn es nur noch einen gibt.
Eine Frau hoppelt mit Sprüngen.

- Hallo, ich bin Gitti Tetzlaff.

Sie trägt ein Kaminkleid.
- Ich könnte euch Sanddorn zeigen.
Der Weg schlängelt sich dem Ufer entlang.
Virginia stellt das Bein schräg nach vorn.
- Hier hat es mehr Steine als Sand.
Elfs Hand hebt sich in den Himmel.
- Wahrscheinlich finden wir einen Steindorn.
Gitti weist auf ein steiniges Ufer mit hohen Sanddornsträuchern.
- Da sind wir.
Virginia dreht die Hüfte.
- Würdest du eine Uniform tragen?
Elf senkt eine Schulter ab.
- Ja, wenn sie mich gegen Dornen schützt.
Gitti dreht sich in selbstvergessenem Tanz.
- Dazu hast du doch dein Eisbärfell.
Ein Mann hüpft.

- Hallo, ich bin Semjon Fuhr.

Er trägt eine Fantasieuniform.
- Wenige Schritte von hier entfernt steht ein Schild.
Virginias Zeigefinger kreist für Sekunden.
- Möchtest du etwas darauf schreiben?
Elf kippt mit dem Oberkörper ruckartig nach vorne.
- Hast du einen Stift?
Ein Lächeln huscht über Fuhrs Gesicht.
- Es ist bereits beschriftet.

Er greift sich ans Herz.

- Wir könnten es lesen. Bist du dabei?

Gitti strafft sich.

- Ich schon.

Sie streicht Huch über den Rücken.

- Und du?

Er verdreht die Hüfte.

- Warum nicht? Manchmal weist ein Schild darauf hin, dass ich es lesen soll.

Der Weg hebt und senkt sich sanft.

Fuhr schaut einem Schmetterling zu.

- Was würde er aufs Schild schreiben?

Virginia lässt den Blick schweifen.

- Ich habe Punkte.

Das Schild befindet sich am Rand einer sichelförmigen Sandbucht. Kajalschwarz steht der Schriftzug auf kurkumagelbem Grund.

- Festivalbühne.

Elf hört Bienensummen und Vogelgezwitscher.

- Würde eine Biene wohl auftreten und in ein Mikrofon singen?

Gittis Hände fliegen von oben nach unten.

- Eher ein Vogel, würde ich meinen.

Eine Frau huscht am Schild vorbei.

- Hallo, ich bin Urania Minge.

Sie trägt Leggings.

- Ich verrate euch, wo die Bühne steht.

Fuhr wackelt mit dem Kopf.

- Gibt es dort ein Mikrofon?

Urania weitet die Nasenflügel.

- Nein, aber einen Vorhang.

Virginia wedelt mit der Hand.

- Schon vorhanden? Schade, sonst hätte ich den Vorhang gespielt.

Urania kehrt ihr das Gesicht zu.

- Raschelt dein Kleid?

Aus der Bucht führt ein sandiger Pfad.

Ein froher Zug spielt um Elfs Lippen.

- Lichter blinken auf den Wellen.

Urania dreht sich nach ihm um.

- Das Wasser ist klar.

Gitti blickt kurz ins Leere.

- Ich würde es sogar trinken.

Fuhr zeichnet eine Seifenblase in die Luft.

- Mitsamt den Lichtern?

Urania genießt den Blick auf die Bucht.

- Sie würden als Lichterkette den Hals hinunter zuckeln.

Virginias Zehen berühren den Boden.

- Im Bauch leuchten.

Elf verlagert das Gewicht auf die Fersen.

- Dann könnte ich als Glühwürmchen durch die Nacht schwärmen.

Die Festivalbühne steht auf einer Wiese. Ein transparenter weißer Vorhang erscheint.

Gitti zeigt mit ausgestrecktem Arm darauf.

- Da ist er.

Fuhr neigt den Fuß leicht nach außen.

- Er mimt sich selber.

Urania balanciert auf einer dunklen Holzleiter.

- Er macht das so gut, dass ich ihn wirklich für einen Vorhang halte.

Virginia klettert auf die Rampe.

- Hörst du meinen Stoff rascheln?

Elf nimmt die Treppe.

- Ja, das Rascheln webt Muster in die Luft.

Gitti spielt mit dem Vorhang.

- Er tanzt mit mir.

Fuhr klatscht.

- Und wer ist der Vorhang?

Urania lockt Huch auf die Bühne.

- Möchtest du einen Gipser darstellen?

Ein Mann jagt über die Wiese.

- Hallo, ich bin Barnabas Hinz.

Er trägt Gipser-Hosen.

- Gibt es auch eine weiße Leiter?

Virginia lächelt mit den Augen.

- Wozu brauchst du sie?

Hinz steigt hinauf.

- Dann wäre ich besser getarnt.

Eine Frau kommt wiegenden Schrittes.

- Hallo, ich bin Pamela Chiton.

Sie trägt ein Madraskleid.

- Ich habe ein Staubkorn aus dem All gefunden.

Elf beschäftigt beide Hände mit den Haaren.

- Da fällt mir etwas ein.

Gitti reckt den Arm nach oben.

- Ich könnte ein Staubkorn spielen.

Fuhr hebt den Fuß.

- Und ich Kornstaub.

Urania lässt den Kopf leicht nach vorne kippen.

- Was sagt das Staubkorn zum Kornstaub?

Hinz rollt seine Ferse ab.

- Bist du staubig oder körnig?

Pamela schaut Huch in die Augen.

- Bist du interessiert?

Er hält die Hände locker nach unten.

- Am All?

Sie hält kurz die Luft an.

- Nein, am Staubkorn aus dem All.

Huch lehnt zurück.

- Die Brennnessel kommt auch aus dem All.

Pamela legt die Daumen aufeinander.

- Was gefällt dir an der Brennnessel?

Er legt 3 Finger an seine Lippen.

- Sie brennt sich nie selber.

Sie stellt den rechten Fuß vor den linken.

- Ist gut. Dann sehen wir zuerst eine Brennnessel an.

Der Weg schlängelt sich in einem nicht enden wollenden Zickzack nach oben.

Huch lenkt den Blick auf die Wiese.

- Was ziehst du vor: Das Licht im Rücken oder im Gesicht?

Ein Brennnesselblatt schimmert im Gegenlicht.

Pamela öffnet den Mund.

- Ich habe lieber das Gesicht im Licht.

Vor einem Felsblock bleibt sie stehen.

- Nun aber zum Staubkorn! Betrachte die Farben.

Im Spinnennetz über einer muschelartigen Einbuchtung hat sich ein Staubkorn verfangen. Es changiert von Seidengrau über Saturngelb zu Tiefrot und Delftblau.

Huch reckt den Kopf ein wenig.

- Die Spinne ist direkt mit dem All vernetzt.

Ein Mann läuft barfuß durch die Wiese.

- Hallo, ich bin Kaspar Nau.

Er trägt Handschuhe.

- Ich bin auf der Suche nach einer Nachtkerze.

Pamela winkelt den Arm an.

- Was ist das?

Huch verschränkt die Hände ineinander.

- Meinst du die Blume?

Der Papierregen

Der Wind raschelt in den Bäumen.
Huch hört einen Vogel singen.
Die Sonne zaubert Lichtspiele auf den Wurzelboden.
Eine Frau läuft durch den Wald.

- Hallo, ich bin Mercy Landbauer.

Sie trägt ein Printkleid.
- Willst du einen Zettel?
Huch lässt das Fußgelenk kreisen.
- Von wem?
Ihre Augen lächeln.
- Von mir.
Ein Mann marschiert mit entschlossenem Schritt.

- Hallo, ich bin Darius Ohm.

Er trägt eine Jacke.
- Gibst du mir den Zettel?
Mercy reicht ihm ein kleines, in der Mitte gefaltetes Blatt.
- Wie fühlt es sich an?
Ohm streift mit dem Finger darüber.
- Mal glatt, mal rau.
Sie neigt den Kopf.
- Ich schrieb eine Frage.

Seine Augen huschen über die Buchstaben.

- Bist du gern allein?

Mercy verlagert das Gewicht auf das gebeugte Bein.

- Das wüsste ich gern.

Ohm zieht den Rand des Zettels mit dem Finger nach.

- Von mir?

Sie hebt ihre Hände in die Luft und formt sie zu einem Halbrund.

- Ja, ich habe die Frage persönlich gestellt.

Er schaut sie fragend an.

- Was sage ich? Gern allein? Gern zusammen?

Mercy senkt die Arme ab.

- Möglicherweise bist du nicht gern allein.

Ohm zieht das Kinn leicht zur Brust.

- Das stimmt.

Ihr Blick gleitet zu Huch.

- Dann sind wir zu dritt.

Der Ansatz eines Lächelns lässt sich aus seinem Gesicht lesen.

- Ist gut.

Ohm beugt und streckt die Hüfte.

- So etwas in der Art hat mich noch niemand gefragt.

Eine Frau nähert sich.

- Hallo, ich bin Rania Quadflieg.

Sie trägt einen Overall.

- Ich würde gern einen Handstand sehen.

Mercy strahlt.

- Ich auch.

Ohm bewegt seinen Oberkörper hin und her.

- Schaust du mich an?

Rania hebt sacht die Hand.

- Gelegentlich.

Mercy bewegt die Lippen.

- Kannst du die Balance halten?

Ohm wechselt federleicht in den Handstand.

- Ich kann sogar auf den Händen gehen.

Rania steuert zielstrebig voraus.

- Ich höre eine Amsel.

Der Pfad windet sich immer steiler hinab durch den Wald.

Mercy huscht ein Lächeln übers Gesicht.

- Etwas bewegt sich.

Ohm sieht eine Amsel.

- Sie fliegt über eine Garderobenstange.

Die Stange ruht auf 2 stämmigen Ästen. Kleider sind in allen Farben des Regenbogens aufgereiht.

Rania legt eine Hand auf Huchs Schulter.

- Was ist deine Größe?

Ein Mann nimmt die letzten Schritte im Laufschritt.

- Hallo, ich bin Isidoro Yas.

Er trägt eine Kappe.

- Ich habe eine mittlere Größe.

Mercy nimmt einen Leinenanzug vom Bügel.

- Probiere ihn an!

Yas schlüpft in Hose und Kittel.

- Was sagt ihr?

Ohm hüpft von einem Bein aufs andere.

73

- Du siehst toll aus.

Rania gibt einen Jauchzer von sich.

- Dieser Anzug steht dir.

Eine Frau rennt so schnell, dass ihre Füße kaum den Boden berühren.

- Hallo, ich bin Nelia Ziegert.

Sie trägt ein Paisley-Kleid.

- Ich zeige euch, wo Papierstücke herunterregnen.

Mercy fasst sich an die Stirn.

- Ich werde sie einsammeln.

Ohm gibt sich gelassen und entspannt.

- Ich brauche immer etwas Schreibpapier.

Rania lehnt sich nach vorn.

- Wohin gehen wir?

Nelia stellt die Beine auswärts wie eine Balletttänzerin.

- Zu einem Steinmännchen.

Ein schmaler Pfad windet sich um die Bäume.

Yas befeuchtet mit der Zunge die Unterlippe.

- Führst du uns in den tiefsten Teil des Waldes?

Nelia schlägt die Augen nieder.

- Nein, der Fels ist kaum einen Wimpernschlag entfernt. Gleich sind wir da.

Mercy klatscht mit kindlicher Begeisterung in die Hände.

- Gemeinsam wandern gefällt mir.

Ohm atmet tief durch.

- Mir auch! Wir verstehen uns.

Ein Steinmännchen verweist auf die Höhle.

Rania krümmt die Finger.

- Woher kommt der kühle Luftzug?

Yas staunt mit hängenden Armen und offenem Mund.

- Aus der Höhle.

Nelia setzt sich ins Moos.

- Der Eingang ist gepolstert. Hier könnte ich auch liegen.

Der Wind haucht durch die Höhle. Papierstücke regnen herunter.

Mercy hebt ihre Hand.

- Ich fange einen Zettel.

Ohm schnappt einen Fetzen.

- Das Papier ist leer.

Rania greift zu.

- Ich könnte von einem Tag in meinem Leben schreiben.

Yas erhascht ein Stück.

- Wieso nicht vom Leben in meinem Tag?

Nelia springt auf.

- Oder vom Tag, den das Leben schreibt?

Ein Mann rollt den Fuß von der Ferse bis zur Zehenspitze ab.

- Hallo, ich bin Birk Schaal.

Er trägt einen Malerkittel und bringt einen Buntstift.

- Was ist in deinem Leben wichtig?

Mercy stellt sich auf die Zehenspitzen.

- Ich wache jeden Morgen auf.

Ohm beginnt zu zappeln.

- Ist das wichtig?

Sie geht in die Hocke.

- Ja. Sonst würde ich schlafen.

Schaal neigt den Kopf.

- Was machst du nach dem Aufwachen?

Rania zieht die Mundwinkel beim Lächeln nach oben.

- Ich sehe mich um.

Yas wedelt mit dem Papierstück.

- Ob jemand da ist.

Nelias Unterlippe zittert.

- So beginnt das Gespräch am Morgen.

Er dreht sich.

- Falls der Morgen mit einem Gespräch beginnt.

Schaal gibt Huch den Buntstift.

- Schreibst du das auf?

Huch wirkt abwartend.

- Ich habe kein Papier.

Mercy gibt ihm einen Zettel.

- Hast du eine Unterlage?

Er geht zu einer Felsplatte.

- Sie ist wie ein Tisch.

Ohm schaut ihn unverwandt an.

- 3 Worte haben sicher Platz.

Huch legt den Zettel auf den Felsen.

- Welche?

Rania stößt ihn sanft.

- Schreibe einfach „Miteinander".

Yas drückt sein Kreuz durch.

- Und füreinander.

Huch lässt den Blick schweifen.

- Ist gut.

Nelia mustert ihn von Kopf bis Fuß.

- Macht es dir Spaß, die Wörter aufzuschreiben?

Er malt die Buchstaben.

- Jedes Wort ist ein bisschen anders. So bleibt die Sprache abwechslungsreich.

Schaal nimmt ihm den Stift ab.

- Warum hast du nicht „durcheinander" geschrieben?

Huch nimmt beide Hände in die Taille.

- Da bräuchte ich einen neuen Zettel.

Die winzige Nische

Ein Wasserfall fällt über den Felsen.
Huch spreizt ein Bein nach hinten ab.
Die Luft glitzert, als würde Feenstaub darin wirbeln.
Eine Frau schießt aus dem Wald.

- Hallo, ich bin Wladislawa Goldman.

Sie trägt eine Robe.
- In meinem Kalender steht eine Hochzeit.
Huch winkelt den Fuß an.
- Wer möchte heiraten?
Wladislawa streicht sich das Kleid glatt.
- Ich!
Ein Mann tanzt auf dem Weg.

- Hallo, ich bin Konstantin Fried.

Er trägt eine Narrenkappe.
- Mir gefällt die Hochzeitshalle.
Wladislawa wirft ihm ein Lächeln zu.
- Nur die Halle oder auch die Hochzeit?
Fried hebt die Augenbraue.
- Ich gehe dorthin und schaue, was sich tut.
Der Pfad führt dem Gießbach entlang.
Wladislawa heftet sich ihm an die Fersen.

- Ich sehe einen Stein.

Fried dreht sich um.

- Er wirkt beruhigend.

Sie schenkt ihn Huch.

- Für dich.

Er betrachtet ihn.

- Er könnte der Grundstein für eine Sammlung werden.

Die Halle mit bunten Glasfenstern steht über der Schlucht in einer duftenden Blumenwiese.

Wladislawa klatscht in die Hände.

- Sollte ich wohl eine Samt-Hose tragen?

Fried lässt die Schultern entspannt hängen.

- Wieso?

Ihre Augen blitzen.

- Vielleicht würdest du mich dann heiraten.

Er wankt, kommt aus dem Tritt.

- Nein, so wie du bist, machen wir die Hochzeit.

Wladislawa schnipst mit den Fingernägeln.

- Gefällt dir meine Robe?

Fried öffnet die Tür.

- Sofern du nicht über den Saum stolperst.

Sie setzt den Fuß auf die Schwelle.

- Das ist mir noch nie passiert.

Eine Frau verlangsamt ihre Schritte.

- Hallo, ich bin Jutta Terry.

Sie trägt eine Samt-Hose.

- Ich werde an eurer Hochzeit mitwirken.

Wladislawa wendet sich um.

- In welcher Rolle?

Jutta streicht eine Strähne hinter die Ohren.

- Ich bin die Trauzeugin.

Fried neigt das Gesicht in ihre Richtung.

- Ist gut.

Ein Mann wandert durch die Wiese.

- Hallo, ich bin Egberto Cox.

Er trägt eine Pilotenbrille.

- Die Hummel brummt schwer mit Pollen beladen.

Wladislawa zieht die Augenbrauen hoch.

- Möchtest du ihre Sprache verstehen?

Freude schwingt in Frieds Stimme mit.

- Ja, dann könnte ich mit ihr reden.

Jutta senkt die Lider.

- Worüber?

Cox wischt sich mit dem Arm über den Mund.

- Ich könnte fragen, wie sie heißt.

Wladislawa tritt ein.

- Ob sie mit uns in die Halle fliegen möchte.

Fried folgt ihr.

- Oder Trauzeugin sein möchte.

Jutta schließt sich an.

- Steht die Tür offen, kommen Hummeln gern herein.

Cox begleitet sie.

- Moment! Ich könnte doch Trauzeuge sein.

Eine Frau kommt auf Huch zu und spricht ihn an.

- Hallo, ich bin Vera Pühringer.

Sie trägt ein Taftkleid.

- Was tust du?

Er öffnet die Hand.

- Wenn ich einen Stein habe, vergesse ich die Welt um mich herum.

Vera guckt neugierig.

- Behältst du oder verschenkst du ihn?

Huch beugt den Ellbogen.

- Ich gebe ihn gern weiter.

Ein Mann tritt auf.

- Hallo, ich bin Hajo Ulf.

Er trägt ein Rabenkostüm.

- Es gibt Steine und Felsen.

Vera sagt augenzwinkernd.

- Verglichen mit einem Felsen wirkt der Stein klein.

Ulf stellt sich auf die Zehenspitzen.

- Aber er ist ein Unikat. Darf ich ihn tragen?

Huch reicht ihm den Kiesel.

- Er liegt gut in der Hand.

Ulf ergreift ihn mit Daumen und Zeigefinger.

- Da fällt mir eine winzige Nische ein.

Vera beugt den Oberkörper nach vorn.

- Würde der Stein dort hineinpassen?

Ulf weicht einen Schritt zurück.

- Bestimmt! Die Einbuchtung ist wie für ihn geschaffen.

Sie neigt den Kopf.

- Ich würde sie gern sehen.

Er dreht das Bein langsam zur Seite.

- Ist gut! Dann machen wir uns auf den Weg!

Querfeldein steigt der Wiesenpfad gemächlich zum Waldrand auf.

Vera winkelt den Ellbogen nah am Körper an.

- Ist es eine gefragte Nische?

Ulf hebt das Handgelenk.

- Kaum! Es war reiner Zufall, dass ich sie entdeckte.

Kerzengerade wächst der Fels aus dem Wald empor.

Vera dreht die Füße einwärts.

- Hoffentlich ist der Platz noch frei.

Sein Blick wandert über den Felsen.

- Nur keine Angst!

Sie tritt näher, erspäht die handgroße Nische.

- Wir haben Glück!

Ulf legt den Stein hinein.

- Er passt perfekt.

Eine Frau trudelt ein.

- Hallo, ich bin Annika Zielinski.

Sie trägt das Kostüm einer Zirkusprinzessin.

- Wer will würfeln?

Vera reißt die Augen auf.

- Warum fragst du gerade uns?

Annika verbeugt sich nach rechts, zur Mitte, nach links.

- Ich suche Menschen, die vor einem großen Würfel nicht zurückschrecken.

Ulf zuckt mit den Mundwinkeln.

- Wieso auch? Wenn der Mond ein Würfel wäre, würde er beim Aufgehen einfach eine Zahl würfeln.

Sie schließt halb die Augen.

- Welche?

Vera schwingt die Hüfte.

- Eine 4!

Ulf wischt sich die Stirn.

- Ist das deine Lieblingszahl?

Annika gleitet mit der Fingerspitze über Huchs Unterarm.

- Hoffentlich entdecke ich unterwegs eine neue Flechtenart.

Ein Lächeln huscht über seinen Mund.

- Hat das etwas mit mir zu tun?

Ein schmaler Pfad führt in den Wald hinein.

Vera schaut in die Wipfel.

- Ja, dann wirst du Namenspate.

Ulf wippt mit den Füßen.

- Sie bekommt deinen Namen.

Zottelige Flechten baumeln an den moosbewachsenen Ästen über einem überdimensionierten Würfel. Seine Augen sind Spielkarten nachgebildet.

Annika stellt ein Bein aus.

- Wer würfelt?

Vera spitzt die Lippen.

- Ich höre Schritte.

Ein Mann fegt und tänzelt über den Pfad.

                              - Hallo, ich bin Clemente Lunz.

Er trägt ein Safarihemd.

- Der Würfel steht auf der Kante.

Ulf zieht die Schulter hoch.

- Ein kleiner Stups genügt.

Lunz versetzt dem Würfel einen Stoß.

- Schon kommt er ins Rollen.

Er kullert zwischen den Bäumen hindurch, steht still.

Annika pustet Huch sanft in den Nacken.

- Herz Dame.

Er lässt die Lippen beim Reden leicht auseinandergehen.

- Ich sehe 2. Welche steht auf dem Kopf?

Die Muschelschale

Blassblau ist der Berg in den Horizont hineingetuscht.
Huch stromert abseits gekiester Wege herum.
Auf der Geröllhalde blühen Orchideen.
Eine Frau geht langsam, Schritt für Schritt.

- Hallo, ich bin Ornella Kandler.

Sie trägt eine Abendrobe.
- Würdest du Tennishosen tragen?
Er erwidert ihren Blick.
- Wieso?
Ein breites Lächeln umspielt ihren Mund.
- Zum Spazieren.
Huch schwingt die Hände in die Luft.
- Gehen wir zu einem Tennisplatz?
Ein serpentinenähnlicher Pfad führt zu einem Aussichts-
punkt.
Ornella legt 3 Finger an die Lippen.
- Da kommt jemand.
Ein Mann hastet durch die Geröllhalde.

- Hallo, ich bin Giacomo Joch.

Er trägt eine Tennishose.
- Habt ihr einen Steinadler gesehen?

Sie streicht das Haar zurück.

- Bis jetzt noch nicht.

Joch beugt das Knie.

- Wir sind etwas zu tief unten.

Ornella schüttelt leicht den Kopf.

- Dann steigen wir hinauf.

Er atmet flach durch den Mund.

- Ich bin froh, wenn ihr mitkommt.

Sie lehnt sich nach vorne.

- Was liegt an?

Joch lässt die Arme gestreckt nach unten hängen.

- Der Steinadler hat meinen Tennisball im Schnabel.

Ornella zeigt einen Anflug von Lächeln.

- Ich dachte, er nimmt nur Federbälle.

Joch legt die gestreckten Zeigefinger aufeinander.

- Vielleicht war es ein Versehen.

Ein steiler Felsenpfad windet sich aufwärts.

Ornellas Augen wandern über den Horizont.

- Ich weiß nicht, er hat gute Augen.

Joch blinzelt in die Sonne.

- Dann war er wirklich auf meinen Ball aus.

Hoch über dem Wald zieht der Steinadler wie schwerelos Kreise.

Ornella hebt die Hände auf Schulterhöhe.

- Hallo!

Joch verdeckt den Mund.

- Hört er dich?

Eine Frau klettert den Hang hinauf.

- Hallo, ich bin Birgit Ferrer.

Sie trägt einen Badeanzug.

- Hast du mir gerufen?

Ornella schenkt ihr einen Augenaufschlag.

- Nein, dem Steinadler.

Joch schiebt die Unterlippe vor.

- Siehst du, was er im Schnabel trägt?

Birgit richtet den Oberkörper auf.

- Einen Tennisball!

Ein Mann quert die Geröllhalde.

- Hallo, ich bin Reinhard Dietz.

Er trägt eine Zirkusuniform.

- Ich kann den Schrei des Steinadlers nachmachen.

Ornella schaut ihn unverwandt an.

- Ist er laut?

Dietz schließt die Lippen, atmet durch einen kleinen Spalt hörbar aus.

- Ich würde sagen: Schrill.

Joch schwingt das Bein nach vorn.

- Jeder schreit anders.

Birgit wirft Dietz einen Blick zu.

- Wie tönt dein Schrei?

Er schlägt den Kragen seiner Uniform hoch, schreit.

- Wie war ich?

Ein Lächeln erhellt Ornellas Gesicht.

- Der Steinadler schreit zurück.

Dietz stützt seine Hände auf dem Becken ab.

- Der Ball fällt in den See.

Ein Weg schlängelt sich in Serpentinen abwärts.

Joch legt die Stirn in Falten.

- Sind wir bald am Ufer?

Birgit wendet sich zu ihm um.

- Ja. Noch 2 Kehren und wir stehen am Strand.

Er umfasst den Ellbogen des Gegenarms.

- Ob ich den Ball finde?

Sie streckt die Hände weit von sich.

- Ich könnte hinausschwimmen.

Dietz streicht sich das Haar aus dem Gesicht.

- Ich suche das Ufer ab.

Der See glitzert unter der Sonne.

Ornella richtet den Blick auf Joch.

- Siehst du den Ball?

Er wandert über den feinen Sand.

- Nein, nur Wellen.

Birgit zieht die Mundwinkel hoch.

- Wenn ich eine angeschaut habe, kommt schon die nächste.

Dietz bewegt sich geschmeidig und gelenkig.

- Und wohin verschwindet die erste?

Sanfte Wellen schwappen ans Ufer.

Ornella schenkt Huch ein aufmunterndes Lächeln.

- Du stehst ein bisschen abseits.

Er hat sich seiner Schuhe entledigt.

- Ich habe etwas Weißes gesehen.

Joch zieht Striche in den Sand.

- Mein Tennisball ist aber knallgelb.

Birgit geht in die Hocke.

- Eine Muschel!

Dietz deutet mit den Fingern.

- Die Suche hat sich gelohnt.

Ornella bekommt Herzklopfen vor Aufregung.

- Es ist eine richtige Muschelschale.

Joch presst den Mund zu einem Strich zusammen.

- Da kommt jemand.

Eine Frau schreitet über den Strand.

- Hallo, ich bin Wanda Tagge.

Sie trägt ein Chiffonkleid.

- Wollt ihr relaxen? Ich biete Betten an.

Birgit legt die Muschel ab.

- Mit Kissen?

Dietz schließt die Augen.

- Mit Decke?

Wanda wippt mit dem Fuß.

- Sogar mit Matratze.

Ein Pfad führt durch den feinen Sandstrand.

Ornella geht mit federnden Schritten.

- Ich schaue nach. Unter dem Kissen könnte ein Brief liegen.

Joch trottet neben ihr her.

- Oder ein Tennisball.

In der Bucht stehen Betten mit aufgeplusterten Kissen.

Birgit schlägt die Decke zurück.

- Würdest du lieber einen Anzug tragen?

Dietz legt sich hin.

- Unter oder über der Uniform?

Wanda tritt hinter Huch und fasst ihn um die Taille.

- Das Bett wartet auf dich.

Ein Mann tippelt auf dem Uferweg.

                                        - Hallo, ich bin Silas Yes.

Er trägt einen Anzug.

- Welches Bett ist frei?

Wanda winkt ihn mit dem Zeigefinger herbei.

- Hast du einen bestimmten Wunsch?

Yes lässt sich auf das vorderste fallen.

- Warum auch? Das nächste ist das beste.

Ornella kuschelt sich unter die Decke.

- Wenn ein Teppich landet, würdest du dich daraufstellen?

Joch streckt sich aus.

- Eher setzen.

Birgit scheint die Sonne ins Gesicht.

- Oder hinlegen.

Dietz schirmt seine Augen mit der Hand ab.

- Wohin würdest du fliegen?

Wanda fährt kurz und unauffällig mit der Zunge über die Lippen.

- An den Strand.

Yes döst vor sich hin.

- Ins Bett.

Eine Frau zieht mit einem fliegenden Teppich eine Lande-schleife.

                                        - Hallo, ich bin Else Magnussen.

Sie trägt ein Druckkleid.

- Wer fliegt mit?

Ornella bettet den Kopf ins Kissen.

- Von jetzt auf gleich?

Joch schlägt seine Augenlider nieder.

- Ich habe mich eben erst hingelegt.

Else hakt sich bei Huch unter.

- Du stehst neben dem Bett.

Er fühlt ein Knistern in der Luft.

- Und neben den Schuhen.

Die Ameisen beim Zitronenbaum

Moos bewächst den Felsen.
Huch steigt grobe Stufen hinab.
In den blanken Stein krallt sich eine Föhre.
Eine Frau winkt schon von Weitem zur Begrüßung.

- Hallo ich bin Indra Quadriga.

Sie trägt ein Elfenkostüm mit Gaze-Rock.
- Ich höre gern Musik.
Ein Mann zuckelt bergauf.

- Hallo, ich bin Nolan Ding.

Er trägt ein Barett und bringt ein blaubemaltes Violoncello.
- Schon einmal ausprobiert?
Indra wendet sich ihm in einer leichten Drehung des Oberkörpers zu.
- Nein, noch nie.
Ding gibt ihr das Cello.
- Beim ersten Mal lernst du es kennen.
Sie sperrt die Augen auf.
- Was soll ich tun?
Er zieht die Unterlippe ein.
- Komponiere einen Song.

Indra reicht das Cello Huch weiter.

- Fällt dir ein Song ein?

Er zupft eine Saite an.

- Die anderen Saiten schwingen mit.

Ding steht der Mund offen.

- Für meine Ohren klingt das wie Musik.

Indra lauscht hingerissen.

- Das ist ein Song!

Huch überlässt Ding das Cello.

- Manchmal braucht es wenig.

Eine Frau bummelt.

- Hallo, ich bin Gesine Pizarro.

Sie trägt ein Fransenkleid und bringt einen Cellokoffer.

- Euer Instrument ist ziemlich zerbrechlich.

Ding fährt erschrocken hoch.

- Was rätst du?

Gesine wippt mit dem rechten Fuß.

- Lege das Cello in den Koffer!

Indra zieht eine Braue leicht hoch.

- Was sind das für Klammern?

Ding breitet die Hände auf Bauchhöhe aus.

- Sie sehen verschlossen aus.

Ein Mann dackelt in tänzerischen Zickzackbewegungen durch den Hang.

- Hallo, ich bin Bodo Ahr.

Er trägt ein Cargo-Hemd.

- Darf ich die Verschlüsse öffnen?

Gesine stellt den Koffer ab.

- Von mir aus.

Indra räkelt sich wie eine Katze.

- Würdest du auch ein Cargo-Hemd anziehen?

Ding hält die Hände auf dem Rücken.

- Dagegen spricht wohl kaum etwas.

Gesine streckt den Daumen nach oben.

- Es würde dir stehen.

Ahr klappt die Riegel auf.

- Ich höre gern Metall klackern.

Indra öffnet den Deckel.

- Wenn es nur hineinpasst!

Ding legt das Cello in den Koffer.

- Da habe ich keine Bedenken.

Gesine stützt die Schläfe gegen den Handrücken.

- Was gefällt dir an den Verschlüssen?

Ahr schließt den Deckel.

- Sie glitzern.

Eine Frau erscheint.

- Hallo, ich bin Franca Edlinger.

Sie trägt einen Glitzerrock.

- Ich zeige euch einen Wanderpfad.

Indra dreht den Kopf.

- Ich dachte schon, beim Felsen hören alle Wege auf.

Ding grätscht die Beine.

- Weißt du, wo es weitergeht?

Ein Lächeln fliegt über Francas Gesicht.

- Der Fels macht einen Knick.

Gesine lässt die Arme von der schiefen Schulter hängen.

- Kommt der Cellokoffer da durch?

Franca schaut sie aufmunternd an.

- Mühelos, mit viel Luft auf allen Seiten.

Ahr nimmt den Koffer.

- Ich atme auf.

Der Wanderpfad schlängelt sich durchs Grasland.

Indra frag Ding.

- Warum bleibst du stehen?

Er spitzt seinen Zeigefinger und zeigt auf die Wiese.

- Ich sehe einen goldenen Ball.

Er glänzt auf einem Moospolster.

Gesine wirft den Arm um Huchs Schulter.

- Berührst du ihn?

Er steht in leichter Rücklage.

- Mit der Hand oder mit dem Fuß?

Ahr stellt den Koffer ab.

- Ein Fingerstoß genügt.

Der Ball kommt ins Rollen.

Franca schmunzelt pfiffig.

- Ich folge ihm.

Indra bricht in lautes Lachen aus.

- Hast du schon einmal eine Feinstrickmütze getragen?

Ding läuft dem Ball nach.

- Nein, wieso?

Gesine schließt sich an.

- Du würdest sportlich aussehen.

Der Ball schießt über ein Wiesenbord hinaus, fällt in einen tiefen Brunnen.

Ahr setzt sich auf den Koffer.

- Der Ball kam leicht ins Rollen, aber er ist schwer.

Franca streckt die Arme zur Seite.

- Er versinkt wie ein Stein.

Ein Mann flaniert durch die Wiese.

- Hallo, ich bin Koray Yis.

Er trägt eine Feinstrickmütze.

- Würdest du einen Aufkleber oder eine Aufschrift auf meine Mütze setzen?

Indra winkt ihn heran.

- Nur, wenn du es willst.

In seiner Stimme klingt Freude mit.

- Es kommt auf die Worte an.

Ding schiebt die Brauen in die Stirn.

- Ein goldener Ball ist in den Brunnen gefallen.

Yis zieht die Mütze ab.

- Mach dir keine Sorgen!

Er legt sie auf den Brunnenrand.

- Ich hole ihn herauf.

Gesines Lächeln nimmt das ganze Gesicht ein.

- Kannst du so tief tauchen?

Yis springt in den Brunnen

- Ich probiere es.

Ahr beugt sich über den Rand.

- Er schießt wie ein Pfeil in die Tiefe.

Yis taucht auf.

- Ich habe den Ball. Soll ich ihn abtrocknen?

Franca senkt leicht die Augenlider.

- Wie?

Er steigt aus dem Brunnen.

- Mit meiner Mütze.

Indra leckt über ihre Lippen.

- Nein, setz sie wieder auf.

Er wirft den Ball in die Luft.

- Wer fängt ihn?

Sie springt hoch, schnappt ihn mit beiden Händen.

- Ich. Und dann überlegen wir uns die Sache mit dem Aufkleber.

Eine Frau gesellt sich dazu.

- Hallo, ich bin Michaela Zeidler.

Sie trägt einen Hausmantel.

- Ich suche einen Fußweg.

Ding dreht den Hals.

- Wo ist er verschwunden?

Michaela streicht sich das Haar aus der Stirn.

- In einer Blumenwiese.

Gesine führt einen kleinen Freudentanz auf.

- Ich helfe dir suchen. Vielleicht sehe ich Ameisen.

Ahr ergreift den Cellokoffer.

- Ich schaue, wohin die Ameisenstraße führt.

Michaela winkt.

- Ist gut. Kommt mit.

Ein schwer auszumachender Pfad endet vor der Blumenwiese.

Francas Augen sprühen vor Begeisterung.

- Es gibt einen Zitronenbaum.

Yis setzt sich die Mütze auf.

- Wie komme ich zu ihm, ohne eine Blume zu zertreten?

Ameisen krabbeln und Grillen zirpen um den Zitronenbaum. Die Früchte schimmern gelb in seinem dichten
Laub.

Indra winkelt den Arm leicht ab.

- Der Text für den Aufkleber könnte heißen: Ich liebe Zitro-
nen.

Ding stellt ein Bein vor das andere.

- Oder: Ich liebe Ameisen.

Gesine blinzelt Huch unauffällig mit den Augen zu.

- Was machst du?

Er senkt den Blick.

- Ich betrachte die Ameisen.

Das Schilfrohr

Der Fluss glitzert silbrig.
Huch blickt sich um.
Sattgrüne Büsche und Bäume säumen das Ufer.
Eine Frau tritt heran.

- Hallo, ich bin Sanja Walker.

Sie trägt ein Jeanskleid.
- Ich gehe zum Uferweg. Kommst du mit?
Ein Mann flitzt herbei.

- Hallo, ich bin Leif Camp.

Er trägt eine Galauniform.
- Ich begleite dich.
Sanja setzt ein Lächeln auf.
- Warum nicht? Gehen wir.
Camp trampelt vor Begeisterung mit den Füßen.
- Am Ufer finde ich Eicheln.
Der Weg folgt dem Fluss.
Sanja schielt aus den Augenwinkeln zu Camp.
- Würdest du eine Eiche pflanzen?
Er lässt den Arm über die ausgestellte Hüfte fallen.
- Ja, und wachsen lassen.
Eine Frau kommt tanzend näher.

- Hallo, ich bin Jaja Unger.

Sie trägt ein Karokleid.
- Kletterst du auf einen Baum?
Sanja senkt die Lider.
- Ich gehe lieber auf dem Weg und spüre die Wurzeln.
Sie fragt Camp.
- Und du?
Er legt den Kopf schief.
- Ich sammle Eicheln.
Jaja strahlt Huch an.
- Wie steht es mit dir?
Er kehrt den Handteller auf Höhe der Brust nach oben.
- Ich gehe der Libelle nach.
Jaja wiegt den Kopf.
- Sie schwirrt zum Auenwald.
Ihre Arme wedeln durch die Luft.
- Dort steht eine Eiche, die alle Wipfel überragt.
Ein verschlungener Weg führt durch den Wald.
Sanja blickt Camp an.
- Wie alt ist dieser Baumriese?
Camp kratzt sich hinter dem Kopf.
- Er muss uralt sein.
In seinem knorrigen Stamm befindet sich eine Höhle.
Jaja macht eine einladende Handbewegung.
- Ich höre etwas rascheln.
Sanja mustert Camp mit Aufmerksamkeit.
- Schaust du, was es ist?
Er dehnt und reckt sich.
- Ich dränge mich nie vor.

Jaja kichert vor sich hin.

- Es tönt wie Papier.

Sanja wippt in den Knien.

- Wir könnten einen Vogel falten.

Camp nimmt einen Zettel aus der Höhle.

- Dafür ist das Blatt zu klein.

Jajas Stimme vibriert vor Erregung.

- Der Zettel ist beschrieben.

Sanja klemmt die Haare hinters Ohr.

- Was liest du?

Er entfaltet den Zettel.

- Die Frage: Stehst du gerne auf der Bühne?

Jaja fixiert ihn aus den Augenwinkeln.

- Möchtest du als Harlekin auftreten?

Sanjas Mundwinkel zucken verschmitzt.

- Brauchst du ein Kostüm?

Camp verlagert sein Gewicht von einem Fuß auf den anderen.

- Ich weiß nicht, ob die Halskrause kratzt.

Ein Mann läuft durch den Wald.

- Hallo, ich bin Raimund Volz.

Er trägt ein Harlekinkostüm.

- Die Graslandbühne hat einen lustigen Vorhang.

Jaja wiegt sich in den Hüften.

- Wie komme ich dorthin?

Volz schnippt andeutungsweise mit den Fingern.

- Leicht! Einatmen, ausatmen, und du bist da.

Der Weg folgt dem Fluss.

Sanja fragt Camp.

- Was erwartest du?

Er antwortet gutgelaunt.

- Mich nimmt wunder, ob ich den Vorhang schieben kann.

Die Bühne steht in einem üppig mit Gras bewachsenen Hang. Ein Luftzug weht den Vorhang herum.

Jaja berührt mit der Fußspitze Huchs Ferse.

- Ich drücke dir den Daumen.

Er zieht die Schulter zurück.

- Mir? Hast du einen Grund?

Sie hebt das Bein ein wenig vom Boden ab.

- Natürlich! Jetzt kommt dein Auftritt!

Volz gelangt über eine steile Holztreppe auf die Rampe.

- In welche Rolle schlüpfst du?

Sanja klettert auf die Bühne.

- Ich spiele mich selber.

Camp steigt über Schwellen und Balken.

- Du siehst echt aus.

Jaja betritt die Rampe.

- Ich tausche mich mit dem Publikum aus.

Volz stützt das Kinn auf den Handrücken.

- Wen wirst du begrüßen?

Eine Frau quert die Wiese.

- Hallo, ich bin Tessy Hagenbach.

Sie trägt ein Lametta-Kleid.

- Hättest du gern ein Schilfrohr?

Sanja beugt sich herab.

- Wie lang ist es?

106

Tessy schwingt die Arme locker umher.

- Genau gemessen habe ich es nicht.

Camp legt den Kopf schief.

- Kannst du die Länge zeigen?

Sie streckt die Hände in die Luft.

- Vom Boden her reicht es so hoch hinauf.

Jaja richtet den Blick auf Volz.

- Brauchst du ein Rohr?

Er schiebt die Hände in die Hosentaschen.

- Da bin ich überfragt.

Tessy gibt Huch einen Schubs.

- Willst du das Schilfrohr anschauen?

Er legt das Gewicht auf den rechten Fuß.

- Ist es angewachsen?

Ihr Zeigefinger weist zum Waldrand.

- Es liegt bei den Bäumen.

Huch bewegt sich aus der Hüfte heraus.

- Das sind nur wenige Schritte.

Sanja rempelt Camp an.

- Interessierst du dich auch?

Seine Stimme klingt vergnügt.

- Später! Zuerst plane ich meinen Abgang.

Jaja guckt Volz an.

- Lässt dich das Schilfrohr kalt?

Er kniet.

- Im Gegenteil! Ich spiele es.

Sie zupft den Vorhang zurecht.

- Wie geht das?

Er streckt die Arme in den Himmel.

- Ich wachse langsam aus der Tiefe des Wassers empor.

Tessy geht mit Huch zum Waldrand.

- Selbst Naturfreunde können nicht genau sagen, warum ihr Herz höherschlägt, wenn sie ein Schilfrohr finden.

Er schaut sich erwartungsvoll um.

- Vielleicht treffen wir einen Naturfreund. Dann können wir ihn fragen.

Ein Mann rennt im Zickzack über die Wiese.

- Hallo, ich bin Orest Zeist.

Er trägt ein Jackett.

- Ich bin ein klein wenig außer Atem.

Tessys Blick schwenkt zu ihm.

- Möchtest du das Jackett ausziehen?

Zeist atmet durch.

- Nein, ich behalte es an.

Das Schilfrohr liegt im Gras.

Tessy beobachtet Zeist neugierig.

- Fällt es dir auf?

Er lehnt sich auf sein linkes Bein.

- Es ist kaum zu übersehen.

Sie spannt die Oberschenkel.

- Lässt du es liegen?

Zeist bückt sich.

- Nein, ich hebe es auf.

Tessy schiebt die Arme leicht nach vorn.

- Was hast du vor?

Er gibt ihr das Schilfrohr.

- Ich schenke es dir.

Sie reicht es Huch weiter.

- Wer könnte es brauchen?

Huch grätscht die Waden nach außen.

- Der Storch.

Die Blüten der Schafgarbe

Der Strand leuchtet backpulverweiß.
Huch schiebt mit dem Finger das Körnchen Sand in seiner Hand umher.
Quellwasserblau schimmert der See in der Bucht.
Eine Frau wandert über den feinen Sand.

- Hallo, ich bin Nerea Padberg.

Sie trägt ein Makramee-Kleid.
- Ich habe eine Schafgarbe gesehen.
Er legt die Hand wie eine Muschel hinter das Ohr.
- Wo?
Nerea zeigt beim Lächeln die strahlenden Zähne.
- In der Blumenwiese. Es ist leicht, dorthin zu kommen.
Ein Pfad führt die Böschung hinauf.
Sie hüpft auf der Stelle.
- Würdest du eine Mütze aufsetzen, die sich beim Denken verfärbt?
Ein Mann tritt leise auf.

- Hallo, ich bin Fabius Kirch.

Er trägt eine Mütze.
- Ich kenne nur einen Fisch, der sich grün, blau und rot verfärbt.

Nerea drückt ihr Rückgrat durch.

- Interessierst du dich auch für die Schafgarbe?

Kirch schiebt den Kopf vor.

- Vor allem für die Farben.

Watteweiß und rosa schimmern die Blüten.

Eine Frau bewegt sich in kleinen Schritten vorwärts.

- Hallo, ich bin Grazina Yuko.

Sie trägt ein Nachthemd und bringt einen Pinsel.

- Welche Farbe gefällt dir?

Nerea rollt die Zehen ein und aus.

- Farbe, die riecht.

Kirch rundet den Rücken.

- Ich habe eine Vorliebe für Naturfarben.

Ein Mann biegt auf den kleinen Pfad in die Wiese ein.

- Hallo, ich bin Diego End.

Er trägt eine Lederjacke und bringt eine Schale mit Farbe.

- Dieses helle Gelb habe ich aus der Schafgarbe gewonnen.

Grazina wischt sich lässig das Haar aus der Stirn.

- Hast du versucht, damit zu malen?

End hebt die Lider.

- Nein, ich bereite die Farbe nur zu.

Eine Frau geht federnden Schrittes.

- Hallo, ich bin Angelia Quadi.

Sie trägt ein Partykleid.

- Steinmännchen geleiten zu einer Felsnase hinauf.

Nerea sieht Kirch an.

- Ich folge ihnen.

Kirch überlegt lange.

- Ich könnte selber ein Steinmännchen bauen.

Angelia hüpft von einem Bein aufs andere.

- Ist gut! Ich zeige euch die kreideweiße Felswand.

Der Weg endet auf einem kleinen Kalksteinplateau.

Grazina hält die Handfläche nach unten, winkt End zu sich.

- Würdest du einen Pinsel halten, wenn du ein Hase wärst?

End kippt mit dem Oberkörper leicht vor und zurück.

- Nein, dann würde ich eine Karotte vorziehen.

In Angelias Blick liegt ein Lächeln.

- Darf ich den Pinsel haben?

Grazina gibt ihn aus der Hand.

- Wie fühlt er sich an?

Angelia streift mit dem Finger über die Haare.

- Können sie aufgrund eines Schocks die Farbe verlieren?

Grazina tänzelt auf der Stelle.

- Nein, sie bestehen aus Horn.

Angelia reicht den Pinsel Huch weiter.

- Malst du ein Strichmännchen?

Nerea richtet den Blick auf Kirch.

- Oder möchtest du anfangen?

Er führt den Handrücken ans Kinn.

- Nein, ich suche Steine für ein Steinmännchen.

Grazina berührt flüchtig, wie zufällig, Huchs Arm.

- Zeichne das Strichmännchen wie ein tanzendes See-pferdchen.

Er lässt den Pinsel auf seinem Handteller hin und her rollen.

- Erdmännchen können auch tanzen.

End bietet ihm die Schale an.

- Schon, aber ich hätte jetzt gern ein Strichmännchen von dir.

Huch tunkt den Pinsel in die Farbe.

- Ich nehme beim ersten Mal lieber weniger als zu viel.

Nerea räkelt sich.

- Was unternimmt dein Strichmännchen?

Er malt Kreise, Striche.

- Es möchte einen Koffer auftun.

Kirch bekommt glasige Augen.

- Wenn wir genau hingucken, sehen wir bereits das Männchen.

Grazina nimmt Huch den Pinsel ab.

- Es fehlt nur noch der Koffer.

Ein Mann hüpft die Felsen hinab.

- Hallo, ich bin Melchior Ing.

Er trägt Manchesterhosen.

- Ginster färbt einen ganzen Weg gelb.

End winkelt das linke Bein leicht an.

- Wo?

Angelia blinzelt in die Sonne.

- Brauche ich Bergschuhe?

Ing wirft einen aufmunternden Blick in die Runde.

- Nein, er ist bequem erreichbar.

Der Pfad klettert zügig durch Ginster hinauf.

114

Nerea betrachtet die Landschaft.

- Ich steige auf den Felsenkopf.

Kirch presst die Lippen zusammen.

- Breitere Wege sind mir lieber.

Auf der Kuppe steht ein admiralblauer Koffer.

Grazina bewegt sich tänzerisch um End.

- Ist wohl eine Uniform darin?

Seine Zehenspitzen zeigen leicht nach innen.

- Eher ein Bademantel.

Angelia reckt das Kinn hoch.

- Was hast du vor?

End geht zur Felskuppe.

- Ich öffne den Koffer.

Ing steht wie ein Reiher auf einem Bein.

- Kann ich ein T-Shirt für mich reservieren?

End klappt den Deckel auf.

- Ich sehe nur einen Smoking.

Nerea lässt den Blick zu Kirch schweifen.

- Ziehst du ihn an?

Er schaut neugierig, aber zurückhaltend.

- Ja, aber ich habe noch nie so etwas in der Art getragen.

Grazina lächelt ihn breit an.

- Er hat die gleiche Farbe wie deine Mütze.

End rückt zur Seite.

- Probiere ihn an!

Angelia spielt mit ihren Haaren.

- Er wird dir stehen.

Kirch nimmt den Smoking aus dem Koffer.

- Vielleicht wird er mein Lieblingskleidungsstück.

Ing beugt den Oberkörper nach vorne.

- Guck, ob er passt!

Kirch schlüpft hinein.

- Was denkst du?

Nerea stemmt die Hände in die Hüften.

- Wäre ein Rahmen um dich herum, würde ich meinen, du wärst gemalt.

Eine Frau streift durch den Hang.

- Hallo, ich bin Bruna Waldmann.

Sie trägt eine Rüschenbluse und bringt eine auf einen Keilrahmen gespannte Leinwand.

- Dahinter, unsichtbar, bin ich.

Grazina hebt mit durchgedrücktem Rücken den Kopf.

- Nicht ganz! Ich sehe deinen Schatten.

Bruna schlägt die Lider nieder.

- Wer nimmt mir die Leinwand ab?

Grazina lenkt den Blick zu Ing.

- Machst du es?

Er streckt die Arme aus.

- Ja, ich stehe immer unsichtbar parat.

Angelia klappt den Zeigefinger nach unten.

- Lege die Leinwand neben den Koffer.

Ing nimmt Bruna den Rahmen ab.

- Manchmal trete ich im Schattentheater kopflos auf.

Sie trippelt in Tanzschritten um Grazina.

- Ich mag die Art, wie du den Pinsel hältst.

Grazina wirft ihn wie ein Pfeil.

- Kannst du ihn fangen?

Bruna schenkt ihn Huch.

- Ja, und ich gebe ihn gern weiter.

Er stellt das rechte Bein ein wenig vor.

- Was würdest du an meiner Stelle tun?

Nerea streckt ihren Arm waagrecht nach vorne.

- Sprenkle Farbe auf die Leinwand.

End hält Huch die Schale hin.

- Ein Spritzer genügt.

Huch taucht den Pinsel in die Farbe, besprengt die Leinwand mit einem Schwung.

- Sie saugt die Farbe auf, aber der Fleck bleibt.

Der Tintenklecks

Efeu bewächst die Stämme.
Huch wandert an Eichbäumen vorbei.
In der Luft hängt der zarte Duft blühender Linden.
Eine Frau teilt die Zweige auseinander.

- Hallo, ich bin Octavia Vega.

Sie trägt eine Samtjacke.
- Was machst du, wenn du beim Erwachen merkst, dass du ein Kolibri bist?
Ein Mann versucht, durchs Dickicht zu dringen.

- Hallo, ich bin Tino Hipp.

Er trägt ein Pilotenhemd.
- Ich schwirre um die Blüten.
Über ihr Gesicht huscht ein Lächeln.
- Pass auf, dass dir die Sträucher nicht die Beine zerkratzen.
Hipp bewegt sich wie in Zeitlupe.
- Ich gehe langsam.
Eine Frau eilt federnden Schrittes.

- Hallo, ich bin Rona Saxe.

119

Sie trägt ein Tenniskleid.

- Willst du ein Lindenblatt essen?

Octavia guckt kurz Hipp an.

- Würdest du dafür auf den Baum klettern?

Hipp strahlt überglücklich.

- Ja.

Rona biegt auf einen schmalen Waldpfad ab.

- Das ist nicht nötig. Die Äste reichen tief herab.

Tausende von Grüntönen schimmern im Blätterwald.

Octavia blickt Hipp an.

- Jetzt wäre der richtige Moment.

Er zupft ein Blatt von der Linde und steckt es in den Mund.

- Zuerst schaue ich, ob keine Spinne darauf sitzt.

Rona streift wie zufällig Huchs Arm.

- Was hörst du?

Er bleibt stehen.

- Flügel schwirren.

Ein Kolibri zieht alle Blicke auf sich. Seine blau-rosa Federn erscheinen wie buntes Flirren.

Ein Mann federt über den schmalen Pfad.

- Hallo, ich bin Jannes Utz.

Er trägt ein Rattenkostüm.

- Ich spreche lieber leise.

Octavia hält gespannt den Atem an.

- Wieso?

Hipp dreht sich um.

- Vögel sind scheu.

Der Kolibri fliegt fort.

120

Rona ringt die Hände.

- Ich gehe ihm nach.

Utz setzt den gestreckten Fuß mit der Spitze zuerst auf.

- Wo fliegt er hin?

Der Weg führt tiefer in den Wald hinein.

Octavia wirft Hipp einen Blick zu.

- Warum bleibst du stehen?

Er fährt über seine Fingerkuppen.

- Ich habe eine Baumhöhle entdeckt.

Rona reißt die Augen auf.

- Ich sehe eine Glasschale

Utz lehnt gegen den Stamm.

- Wer nimmt sie heraus?

Octavia wendet sich in Hipps Richtung.

- Traust du dich?

Er holt die Schale heraus.

- Ja, die Ränder sind rund.

Rona kehrt sich Utz zu.

- Ein Pulver ist darin. Ist es Asche?

Er lässt die Schultern hängen.

- Es könnte Tintenpulver sein.

Eine Frau geht aufrecht.

- Hallo, ich bin Christa Laskowski.

Sie trägt ein Veilchenkostüm und bringt eine Flasche Essig.

- Ein wertvoller Fund!

Octavia beugt den Kopf zu Hipp.

- Hättest du damit gerechnet, Tintenpulver zu finden?

Er sagt beinahe entschuldigend.

- Nein, ich sah einfach die Schale.

Christa entkorkt die Flasche.

- Machen wir Tinte!

Sie gießt Essig über das Tintenpulver.

- Wäre ich Königin, würde ich nichts befehlen und mir stattdessen einen Löffel wünschen.

Ein Mann läuft herbei.

- Hallo, ich bin Zadok Pahl.

Er trägt ein Sakko und bringt einen Löffel.

- Ich rieche Essig. Gibt es Salat?

Rona streckt ihm die Hand zur Begrüßung hin.

- Nein, wir stellen Tinte her.

Pahl geht leicht in die Knie und federt.

- Kann ich helfen?

Utz gibt ihm die Schale.

- Durchaus! Rührst du um?

Pahl verquirlt das Tintenpulver mit dem Essig so heftig, dass der Löffel klimpert.

- Mit Schwung!

Octavia schaut in die Runde.

- Ich höre Töne.

Hipp wippt im gleichen Takt von einem Bein aufs andere.

- Sie klingen wie Musik für mich.

Rona trippelt auf den Zehenspitzen herum.

- Eine feine Melodie geht durch die Obertöne.

Utz applaudiert kräftig.

- Löffel und Schale sind aufeinander abgestimmt.

Christa betrachtet die Farbe.

- Die Tinte ist dunkelblau.

Pahl zieht den Löffel aus der Schale.

- Ich lasse ihn abtropfen.

Christas Gesicht hellt sich auf.

- Die Tropfen platschen.

Eine Frau klettert über Äste und Holzreste.

- Hallo, ich bin Mireille Beerbaum.

Sie trägt einen Wickelrock und bringt einen Karton.

- Auch er kann tönen.

Octavia klimpert mit den Wimpern.

- Tippst du ihn mit dem Finger an?

Hipp öffnet staunend den Mund.

- Klopfst du darauf?

Mireille streicht mit der Hand über den Karton.

- Ich streife über die Oberfläche.

Rona stochert mit dem Fuß im Laub.

- Blätter klingen auch.

Utz wischt über den Mund.

- Fallen noch Tropfen vom Löffel?

Sie beugt den Oberkörper nach vorn.

- Die Pausen dazwischen werden länger.

Er macht mit der Hand eine eher abwehrende Bewegung.

- Vielleicht ist der Löffel abgetropft.

Christa thront mit kerzengeradem Rücken auf einem Baumstrunk.

- Harrst du bis zum letzten Tropfen aus?

Pahl streckt den Arm.

- Ja, ich habe Zeit.

Mireille gibt Huch den Karton.

- Was machst du damit?

Er hält ihn unter den Löffel, bis ein Tropfen darauf platzt.

- Einen Tintenklecks.

Ein Mann läuft durchs Dickicht.

- Hallo, ich bin Wendelin Ilm.

Er trägt einen Trainingsanzug.

- Ich möchte den Klecks im Kunsthaus ausstellen.

Huch schenkt ihm den Karton.

- Er muss noch trocknen.

Ilm tippt mit dem Zeigefinger an die Stirn.

- Ich passe auf.

Octavia schaut Hipp an.

- Bist du schon einmal im Kunsthaus gewesen?

Er senkt den Kopf.

- Nein, bis jetzt noch nicht!

Ilm weist mit einem Kopfrucken den Weg.

- Es ist leicht zu erreichen.

Ein verwunschener Pfad führt durch den dichten Wald.

Rona schenkt Utz einen fragenden Blick.

- Wenn du ein Kunsthaus hättest, was würdest du zuerst einrichten?

Er dreht sich um die eigene Achse.

- Den Briefkasten.

Am Waldrand ist ein Haus rund um einen Baum gebaut.

Christa bestaunt den Briefkasten.

- Warum hat er keine Tür?

124

Eine Frau tritt aus dem Kunsthaus.

- Hallo, ich bin Annette Eckstein.

Sie trägt eine Yoga-Hose.
- Die Tür ist abgefallen.
Pahl schwenkt seine Nase.
- Briefkasten ist Briefkasten, auch ohne Tür.
Annette legt Daumen und Zeigefinger ans Kinn.
- Leider habe ich sonst nichts zum Ausstellen. Habt ihr etwas?
Ilm richtet den Rücken auf.
- Nimm den Karton!
Sie stellt ihn in den Briefkasten.
- Er passt.

Der Kieselstein

Vor einer bemoosten Felswand stürzt der Wasserfall wie ein Vorhang herab.
Huch springt auf einen Felsbrocken.
In der Tiefe gurgelt und braust das Wasser.
Eine Frau macht einen Streifzug.

- Hallo, ich bin Winona Kara.

Sie trägt ein Ballerinen-Kleid.
- Hat es noch Platz neben dir auf dem Felsen?
Ein Mann nähert sich mit schnellen Schritten.

- Hallo, ich bin Yves Gack.

Er trägt einen Wollpullover.
- Ich kenne einen Weg durchs Birkengehölz.
Winona spricht mit singender Stimme.
- Ist er steil?
Gack schlenkert mit den Armen.
- Nicht übermäßig.
Ihre Lippen kräuseln sich an den Rändern.
- Gehst du voraus?
Der Weg führt bergauf durch ein altes Birkengehölz.
Gack zieht die Augenbrauen hoch.
- Wenn ich ein Podest hätte, würde ich mich daraufstellen.

127

Winona blickt Huch bedeutsam an.

- Du auch?

Er geht in die Hocke.

- Ich würde mich ins Moos legen und die Füße hochlagern.

Ein Birkenstamm ragt in die Höhe.

Winona lehnt an den Baum.

- Du könntest dich auf die Zehenspitzen stellen.

Gack streckt das rechte Bein nach hinten aus.

- Das ginge an, aber es nicht dasselbe wie auf einem Podest.

Eine Frau schleicht auf Zehenspitzen durchs Gehölz.

- Hallo, ich bin Francesca Quantle.

Sie trägt ein Charleston-Kleid und bringt ein kleines buntes Podest.

- Stehst du auf dem Boden?

Winona spielt mit den Zehen.

- Und auf den Wurzeln.

Gack stützt das Kinn in die Hand.

- Stellst du das Podest ab?

Francesca platziert es neben ihm.

- Warum bin ich selber nicht auf die Idee gekommen!

Winona wirft einen Blick auf Gack.

- Gehst du darum herum?

Er plinkert mit den Augen.

- Linksherum?

Sie guckt schelmisch hinter dem Haar hervor.

- Oder rechtsherum, wie du willst.

Gack federt in den Knien.

- Ich könnte auch halbherum oder rundherum.

Francesca stülpt die Unterlippe nach vorn.

- Willst du dich nicht daraufstellen?

Winona zeichnet einen unsichtbaren Regenbogen in die Luft.

- Machst du einen Sprung?

Gack stellt zuerst den einen, dann den anderen Fuß aufs Podest.

- Sachte! Nicht, dass es kippt.

Francesca lässt den Ellbogen leicht nach außen gehen.

- Hast du noch einen Wunsch?

Er hält den Kopf schief.

- Wer hätte das gedacht! Ich würde am liebsten ganz schnell wieder herunterkommen.

Ein Mann tappt in kurzen Schritten über die Wurzeln.

- Hallo, ich bin Iwan Dost.

Er trägt einen Zylinder.

- Ist das Podest schwer?

Gack springt herab.

- Ich weiß es nicht.

Er hebt das Podest auf.

- Nein, es ist leicht. Soll ich es tragen?

Winona spricht mit kräftiger Stimme.

- Du hast es schon in der Hand.

Eine Frau verlässt den Weg, schlägt sich durchs Unterholz.

- Hallo, ich bin Nena Paganini.

Sie trägt eine Dienstmädchenuniform.

- Ich möchte das Podest im Museum für Gegenwartskunst ausstellen.

Francescas Blick fliegt zu Dost.

- Kommst du mit?

Er wischt sich die Stirn.

- Ja. Hoffentlich ist es offen.

Nena macht eine ausladende Handbewegung.

- Sehen wir nach!

Der Weg zwischen Birken und Föhren taucht aus dem Wald auf.

Winona bewegt den Kopf rasch zu Gack.

- Ist das Podest leichter oder schwerer als ein Stein?

Er trägt es auf einer Hand.

- Kommt darauf an, wie groß der Stein ist.

Francesca wölbt grazil den Hals.

- Sicher ist es leichter als ein Fels.

Dost rollt die Finger ein.

- Aber schwerer als ein Kieselstein.

Ein Mann wandert.

- Hallo, ich bin Alf Ort.

Er trägt ein Apfelkostüm.

- Ich habe einen Kieselstein gefunden.

Nena streift mit dem Finger über die Braue.

- Was machst du damit?

Ort streckt seinen Körper durch.

- Ich schenke ihn dir.

Sie berührt Huch leicht an der Hüfte.

- Was hast du in deiner Tasche?

Er greift hinein.

- Ein Taschentuch.

Nena bietet ihm den Kieselstein an.

- Tauschen wir?

Huch reicht es ihr.

- Ist gut.

Sie lenkt ihren Blick auf Ort.

- Willst du das Taschentuch?

Er beugt den Kopf.

- Ja, farblich passt es zum Apfelkostüm.

Ein Haus steht in der Wiese. An der steingrauen Fassade windet sich die Glyzine hoch.

Winona schaut Gack fragend an.

- Hast du dir das Museum so vorgestellt?

Ihm bleibt die Luft weg.

- Nein, ganz anders!

Eine Frau steigt aus dem Fenster, tappt auf dem Mauersims zur Regenrinne, rutscht hinunter.

- Hallo, ich bin Elfriede Lauterbach.

Sie trägt ein Etuikleid.

- Ich würde gern etwas ausstellen.

Francesca streckt den Arm aus.

- Was hältst du von diesem Podest?

Elfriede nimmt es Gack ab, platziert es vor den Museumseingang.

- Es ist famos.

Dost spreizt die Finger seiner linken Hand weit auseinander.

- Beginnt jetzt die Ausstellung?

Sie schließt die Augen.

- Was könnte ich aufs Podest stellen?

Nena blinzelt Huch an.

- Den Kieselstein!

Er stellt ihn aufs Podest.

- So kann ich seine seltsamen Zeichnungen besser sehen.

Ort schnalzt mit der Zunge.

- Er ist ein Blickfang!

Elfriede reckt die Finger wie Antennen empor.

- Die Ausstellung ist eröffnet.

Winona versucht, Gack mit neugierigen Blicken zu erforschen.

- Wie findest du das Licht?

Er umfasst das Kinn mit der Hand.

- Es wirft einen spannenden Schatten.

Elfriede reißt die Eingangstür auf.

- Wir feiern die Eröffnung.

Francesca tritt mit Dost ins Museum.

- Wo fühlst du dich am wohlsten?

Er hüpft über die Schwelle.

- Natürlich am Fest!

Nena geht mit Ort hinein.

- Wolltest du schon immer mal ins Museum?

Er klatscht sich auf den Bauch.

- Ja!

Winona schaut Gack von der Seite an.

- Was machst du?

Er legt den Laufschritt ein.

132

- Ich pressiere, aber ohne zu drängeln.

Elfriede lehnt sich Huch entgegen.

- Warum zögerst du?

Ein Mann kommt schnellen Schrittes an.

- Hallo, ich bin Cory Hecht.

Er trägt eine Baskenmütze.

- Habe ich den Anfang verpasst?

Sie wirft die Haare über die Schulter.

- Nein, wir beginnen gerade.

Hecht rückt seine Hemdsärmel zurecht.

- Wo findet das Fest statt?

Elfriede tanzt mit ausgebreiteten Armen.

- Im Museum! Das darfst du dir nicht entgehen lassen.

Die Badewanne im Wald

Der Berg ragt hoch.
Huchs Blick gleitet nach oben.
Der Gipfel streift den tiefblauen Himmel.
Eine Frau nähert sich mit bedächtigen Schritten.

- Hallo, ich bin Tetyana Schönborn.

Sie trägt ein Fledermauskostüm.
- Möchtest du klettern?
Ein Mann rutscht einen Hang hinunter.

- Hallo, ich bin Ulrico Rasch.

Er trägt ein Clownshemd.
- Ich kenne eine Off-off-Bühne.
Tetyana dreht den Kopf.
- Kannst du dort klettern?
Er hebt die Hände, als würde er nach etwas greifen wollen.
- Ja, sie hat viele Stangen und Streben.
Sie richtet den Blick in die Ferne.
- Ist sie weit entfernt?
Rasch lässt die Zunge bei halboffenem Mund sichtbar über die Zähne kreisen.
- Nein, nah.

135

Der Weg ist unbefestigt.

Tetyana bewegt sich tänzerisch um Huch herum.

- Gefällt dir mein Kostüm? Bräuchte ich etwas Glitzerndes?

Eine Frau schlendert durch den Hang.

- Hallo, ich bin Jamila Zielke.

Sie trägt ein Glitzerkleid.

- Verwirrt es dich, wenn Gerüste ineinander verschachtelt sind?

Tetyana senkt die Lider.

- Nein, ich finde mich zurecht.

Rasch schiebt die Schulter nach vorne.

- Du kannst die Schuhe anbehalten.

Jamila läuft über die Bergwiese.

- Oder ausziehen, wie du willst.

Die Off-off-Bühne erhebt sich aus einem Gewirr von Gerüstteilen.

Tetyana setzt den Fuß auf eine Treppenstufe.

- In den Schuhen fühle ich mich sicher.

Rasch nimmt immer 2 Stufen auf einmal.

- Das geht mir auch so.

Jamila klemmt die Schuhe unter den Arm.

- Ich gehe barfuß auf die Bühne.

Ein Mann tippelt durch die Wiese.

- Hallo, ich bin Barry Moss.

Er trägt einen Fischerhut, schlüpft aus den Schuhen.

- Barfuß fühle ich mich wohl.

Tetyana betrachtet Rasch neugierig.

- Was machst du?

Er misst mit Schritten und scharfen Blicken die Bühne aus.

- Wir könnten unsere Schuhe ausstellen.

Jamila tritt neben Moss auf die Rampe.

- Hast du sie mitgebracht?

Er redet in atemberaubenden Sprechtempo.

- Nein, aber ich hole sie.

Eine Frau vertritt sich ein wenig die Beine.

- Hallo, ich bin Vida Icaro.

Sie trägt Hotpants.

- Darf ich euch ein Blatt zeigen?

Tetyana schwenkt den Arm.

- Geht es auch später?

Rasch räkelt sich mit halb geschlossenen Augen.

- Komm doch zu uns hinauf!

Jamila blickt gespannt auf Moss.

- Wie stellst du die Schuhe aus?

Er wackelt mit dem Kopf.

- Ich verstecke sie unter dem Hut.

Vida fasst in einer vertraulich wirkenden Geste Huchs Oberarm.

- Dir wird das Blatt gefallen.

Huch zieht die Augenbrauen hoch.

- Wo ist es?

Sie schiebt ihn mit der Hand am Rücken an.

- An einer Stange.

Er richtet sich auf.

- Vielleicht steht etwas darauf.

Ein malerischer Trampelpfad beginnt mit einem Anstieg.

Vida beugt leicht die Knie.

- Würdest du ein Blatt mit 2 Reißnägeln befestigen?

Huch folgt ihr durchs dürre Gras.

- Oder mit 4 in jeder Ecke.

Sie streckt lächelnd die Hand aus.

- Da ist es!

Er sieht das Blatt an einem Telefonmast.

- Die Stange hat viel Platz.

Ein Mann wird immer langsamer.

- Hallo, ich bin Elmar Piep.

Er trägt einen Glitter-Anzug.

- Du hast das Blatt vor mir gefunden.

Vida legt die Hände hinter dem Rücken übereinander.

- Was steht drauf?

Piep streckt den Arm.

- Die Kornblume blüht.

Sie deutet ein Kopfnicken an.

- Wo?

Er glättet die Stirn.

- Das steht hier nicht.

Vida hat die Hand am Ohr.

- Das muss eine besondere Blume sein.

Eine Frau zieht durchs Gras.

- Hallo, ich bin Yumi Wallenberg.

Sie trägt ein Jersey-Kleid.

- Ich steige auf eine Hochebene.

Vida blickt auf Piep.

- Sind wir dabei?

Er sammelt sich.

- Ja, da muss ich nicht lang überlegen.

Yumi schubst Huch mit einem Finger an.

- Hättest du auch gern einen Glitter-Anzug?

Sein Blick schweift suchend über den Wiesenhang.

- In welcher Farbe?

In Serpentinen geht es steil aufwärts zu einer Hochebene.

Vida mustert Piep neugierig.

- Wie heißt das Blau deines Anzugs?

Er dreht sich um die eigene Achse.

- Glitter-Blau.

Am Rand eines verwilderten Feldes leuchtet die Blüte.

Yumi hakt sich bei Huch ein.

- Wie würdest du diesem Blau sagen?

Huch beugt sich zur Kornblume.

- Kornblumenblau.

Ein Mann schweift vom Weg ab.

- Hallo, ich bin Crispin Flor.

Er trägt ein Hawaiihemd.

- Eine Badewanne steht im Wald.

Vida guckt Piep an.

- Willst du sie sehen?

Er balanciert tänzerisch auf einem Bein.

- Und einsteigen.

Flor fordert mit Winken auf, ihm zu folgen.

- Von mir aus darfst du auch den Handstand darin machen.

Der Weg führt in einen dichten, dschungelartigen Wald.

Yumi zieht eine Schulter hoch.

- Kannst du den Handstand?

Flor streckt den Finger.

- Ich weiß nicht, ob ich die Balance halten kann.

Vida nickt Piep seitwärts zu.

- Und du?

Er schwingt sich zum Handstand auf.

- Ich schaffe ihn.

Lange Flechten baumeln von den riesigen Bäumen.

Yumi ruft Flor über die Schulter zu.

- Kannst du das Rad schlagen?

Er glättet das Gesicht zu einem sonnigen Lächeln.

- Nach links oder nach rechts?

Vida dreht den Kopf zu Piep.

- Fragst du auch, bevor du dich abstößt?

Er schlägt ein Rad.

- Nein, ich folge einfach der Hand, welche führt.

Ein Lächeln huscht über Yumis Gesicht.

- In dieser Wildnis soll eine Badewanne sein?

Flor zuckt mit den Achseln.

- Warum nicht? Sie kann überall landen.

Eine Lichtung tut sich auf. Zwischen Moos, Farn und Orchideen steht die Badewanne.

Vidas Blick flattert zu Piep.

- Kommt sie dir gewöhnlich vor?

Er kräuselt ein wenig die Nase.

- Nein! Sie ist ganz anders als die Wannen, die ich kenne.

Yumi fragt Flor.

- Gibt es eine Quelle in der Nähe?

Er reibt sich die Hände.

- Wieso willst du sie füllen? Sie fliegt.

Vida lässt die Augen zu Piep wandern.

- Machst du einen Probeflug?

Er schwingt sich in die Badewanne.

- Bin ich sportlich eingestiegen?

Die Wanne hebt vom Boden ab, schwebt schaukelnd in die Höhe.

Honiggelbton

Ein karger, ruppiger Fels erhebt sich über dem Wald.
Huch hört die Stimme des Windes.
Flechten schimmern.
Eine Frau biegt um den Felsen.

- Hallo, ich bin Giulietta Kazan.

Sie trägt ein Kaschmirkleid.
- Suchst du den Pfad?
Ein Mann hält im Gehen ein.

- Hallo, ich bin Leonard Queck.

Er trägt einen Jogginganzug.
- Gibt es ein Durchkommen, oder muss ich klettern?
Ihre Hand fliegt hoch.
- Willst du zur Hangkante?
Queck zieht die Jacke aus.
- Wenn es ohne Seil und Helm möglich ist.
Ein schmaler Pfad schlängelt sich um den Felsen.
Giulietta wedelt mit dem Finger in Quecks Richtung.
- Fühlst du dich eingeengt?
Seine Augen blitzen auf.
- Nein, ich bewege mich frei wie ein Leopard.
Eine Frau folgt dem Weg an der Hangkante.

- Hallo, ich bin Helga Neubauer.

Sie trägt eine Leopardenhose.
- Möchtest du lieber eine Leopardenhose oder Leopardenleggings?
Giulietta wechselt einen Blick mit Queck.
- Was würdest du nehmen?
Er fährt mit der Hand übers Kinn.
- Am ehesten eine Kapitänsjacke.
Helga hält den Kopf hoch.
- Ist gut! Durchs Gestrüpp und quer durch den Wald kommen wir zu einem Kleiderschrank.
Ein langer steiniger Weg führt tief ins Unterholz.
Giulietta hebt das linke Bein leicht nach hinten an.
- Wieso willst du eine Kapitänsjacke?
Queck nimmt einen tiefen Atemzug.
- Ich möchte mich verändern.
Mitten im Wald, einige Meter abseits des Wegs, steht der Schrank.
Ein Mann hangelt sich durchs Geäst.

- Hallo, ich bin Alan Dürr.

Er trägt eine Kapitänsuniform.
- Durch die Wipfel turnen gibt warm.
Helga hebt die linke Augenbraue.
- Vielleicht findest du leichtere Kleider.
Dürr schlüpft aus der Kapitänsjacke.
- Leider ist der Schrank geschlossen.
Eine Frau kommt aufrecht und mit federnden Schritten.

- Hallo, ich bin Yael Onegin.

Sie trägt ein Muschelkleid.

- Der Schrank hat Flügeltüren.

Giulietta fährt sich mit der Hand durchs Haar.

- Siehst du den Schlüssel?

Yael entgegnet mit fröhlichem Blick.

- Wenn du ihn drehst, geht der Schrank auf.

Queck streckt den Fuß spitz.

- Was hängt darin?

Sie öffnet die beiden Flügeltüren.

- Kleiderbügel.

Helga bewegt die Augen zu Dürr.

- Möchtest du sie zählen?

Er hängt die Jacke in den Schrank.

- Nein, ich brauche nur einen.

Yael hebt den Zeigefinger.

- Am Bügel sieht sie gut aus.

Giulietta gibt Queck ein Zeichen.

- Was hast du vor?

Er hält seine Joggingjacke hoch.

- Ich biete sie an.

Helga stemmt die Hände in die Seite.

- Wer nimmt sie?

Ein Mann marschiert mit baumlangen Schritten.

- Hallo, ich bin Fabrizio Zach.

Er trägt Malerhosen.

- Ich hätte sie gern.

Dürr legt das Kinn auf 2 Finger.

- Probierst du sie an?

Zach macht sein Kreuz hohl, als ob seine Brust an einer Schnur gezogen würde.

- Sofort, sofern sie Taschen hat.

Yael wiegt den Körper hin und her.

- Außen hat sie 2.

Er reibt die Handinnenflächen gegeneinander.

- In die linke könnte ich einen Zettel stecken.

Giulietta moduliert die Stimme anders.

- In der rechten hätte ein Bleistift Platz.

Queck hilft ihm in die Jacke.

- Schlüpf hinein!

Helga schließt die Augen halb.

- Passender kann sie nicht sein!

Dürr winkelt die Arme an.

- An deiner Stelle würde ich die Schulter unten halten.

Yael legt den Daumen ans Kinn.

- Lass die Arme locker hängen.

Zach atmet tief durch.

- Wenn du den Körper reckst, wirkst du relaxt.

Giulietta sieht Queck von der Seite an.

- Suchst du nicht eine Kapitänsjacke?

Er streicht sich übers Kinn.

- Doch!

Helga hebt den Kopf hoch.

- Sie hängt im Schrank.

Dürr legt die Hand aufs Herz.

- Sie hat einen Anker auf dem Knopf.

Yael geht zum Schrank.

- Damit kannst du ihn besser im Loch verankern.

Zach nimmt die Jacke vom Bügel.

- Siehst du die Streifen?

Giulietta reicht sie Queck weiter.

- Du kannst ihnen mit der Schere einfach folgen, wenn du die Ärmel kürzen möchtest.

Er schlüpft hinein.

- Die Länge stimmt.

Eine Frau nähert sich auf Zehenspitzen.

- Hallo, ich bin Patricia Ido.

Sie trägt ein Neckholderkleid und bringt einen Pinsel.

- Darf ich ihn in den Schrank legen?

Helga streckt den Arm aus.

- Warte! Ich würde gern die Haare berühren.

Patricia schenkt ihr den Pinsel.

- Fahre mit dem Finger zur Spitze.

Dürr guckt vergnügt.

- Warum nicht in die Gegenrichtung?

Helga streicht darüber.

- Das würde die Haare spreizen.

Ein Mann schleicht geduckt durchs Unterholz zu einer Felsplatte.

- Hallo, ich bin Serafino Jab.

Er trägt einen Patchwork-Anzug und bringt eine Schale.

- Ich mache die Farbe selbst.

Yael erhascht einen Blick.

- Wie hast du dieses Gelb hergestellt?

Jab antwortet mit einem Lächeln.

- Aus Goldruten.

Zach hängt an seinen Lippen.

- Du kennst die Pflanzen und weißt, wie sie heißen.

Patricia kneift die Augenbrauen zusammen.

- Ist dir aufgefallen, dass die Schale fast leer ist?

Jab senkt die Wimpern.

- Ja, jemand muss das letzte Quäntchen herausholen.

Eine Frau tastet sich Schritt für Schritt vorwärts.

- Hallo, ich bin Thea Eggert.

Sie trägt ein Plisseekleid und legt einen Karton auf die Felsplatte.

- Wer faltet ihn, ohne dass er knickt?

Giulietta rückt mit der Sprache heraus.

- Wenn es dir nichts ausmacht, würden wir lieber malen.

Queck deutet auf die Schale.

- Zwar haben wir nur wenig Farbe.

Helga reicht Huch den Pinsel.

- Aber du holst den letzten Tropfen heraus.

Er streicht durch die Schale.

- Ich möchte die Haare nicht quetschen.

Dürr berührt mit dem Zeigefinger das Ohr.

- Schlürft der Pinsel?

Yael sagt, als sie sich von der Überraschung erholt hat.

- Er singt.

Huch lässt den Pinsel über den Karton gleiten.

- Für einen Strich reicht die Farbe.

Ein Mann wandelt mit am Rücken verschränkten Händen.

- Hallo, ich bin Ulan Valls.

Er trägt ein Rauten-Kostüm.
- Ich stelle den Karton aus.
Zach neigt den Kopf nach hinten.
- Vorsicht! Die Farbe ist noch feucht.
Valls legt die Hand auf die Schläfe.
- Soll ich ihn an der Kante oder an der Ecke halten?
Eine Frau läuft zielstrebig auf die Felsplatte zu.

- Hallo, ich bin Maryam Behnke.

Sie trägt ein Rüschenkleid und fasst den Karton mit spitzen Fingern an.
- Ich bringe ihn in den Kulturraum.
Huch sagt mit halb geschlossenen Augen.
- Unterwegs trocknet die Farbe.

Mateteegrün

Im flirrenden Sonnenlicht spiegeln sich die steilen Hänge
im See.
Huch steht auf dem Bootssteg.
Über dem hellen Sandstrand wiegen sich die Buchen im
Wind.
Eine Frau taucht aus dem halbdunklen Schatten auf.

- Hallo, ich bin Wega Rangnick.

Sie trägt ein Samtkleid.
- Möchtest du auf die Hochzeitsinsel?
Ein Mann bewegt sich im Laufschritt.

- Hallo, ich bin Cameron Zeiss.

Er trägt Safarihosen.
- Ja, ich würde gern dorthin fahren.
Wega lächelt mit geschlossenem Mund.
- Baust du ein Floss?
Er hüpft auf einem Bein.
- Ja, ich sehe mich nach Baumstämmen um.
Eine Frau steuert ein Segelboot.

- Hallo, ich bin Sarina Yamaha.

Sie trägt ein Trachtenkleid.

- Was habt ihr vor?

Wega tritt auf den Steg.

- Cameron sucht Baumstämme.

Zeiss trippelt auf den Zehenspitzen herum.

- Wenn möglich, sollten alle gleich lang sein.

Sarina windet ein Seil um den Pfosten.

- Ich lege an.

Wega legt die Hände vor dem Herzen zusammen.

- Ich würde gern einmal ein Segelboot betreten.

Zeiss öffnet die Lippen.

- Schaukelt es?

Sarina fährt sich mit der Hand durchs Haar.

- Steigt ein!

Wega klettert über die Reling.

- Fährst du zur Hochzeitsinsel?

Zeiss hüpft ins Boot.

- Dann müsste ich keine Baumstämme schleppen.

Sarina wirft Huch einen aufmunternden Blick zu.

- Kommst du mit?

Ein Mann erreicht den Bootssteg.

- Hallo, ich bin Korbinian Quarz.

Er trägt ein Trikot.

- Gefällt dir mein Sporthemd?

Wega dreht den Kopf.

- Hat es eine Nummer auf dem Rücken?

Seine Augen leuchten.

- Ja, die Eins.

152

Zeiss steckt die Zeigefingerkuppe in den Mund.

- Manchmal ist die Eins auch eine Zahl.

Sarina spreizt das Bein seitlich ab.

- Willst du mit uns fahren?

Quarz steigt ein.

- Ja, ich segle gern.

Eine Frau rennt herbei.

- Hallo, ich bin Antje Tiedtke.

Sie trägt einen Ballettdress.

- Wohin fährt ihr?

Wega legt eine Hand auf die Hüfte.

- Zur Hochzeitsinsel.

Antje fährt sich mit den Fingern durchs Haar.

- Willst du ein Geschenk?

Zeiss streicht sich mit der Hand nachdenklich übers Kinn.

- Meinst du ein Hochzeitsgeschenk?

Sie hebt den Kopf leicht an.

- Ja genau! Ich überrasche das Paar, wer immer auch heiratet.

Sarina senkt die Stimme.

- Das ist der springende Punkt.

Quarz lässt den Daumen über den Ringfinger gleiten.

- Ich weiß noch nicht, wer sich traut.

Wega lächelt verlegen.

- Ich sehe mich auf der Insel erst einmal um.

Zeiss macht ein Handzeichen.

- Willst du mitkommen?

Antje lehnt zurück.

- Lieber mit dem nächsten Boot! Zuerst schaue ich, ob ich am Ufer ein Geschenk finde.

Sarina lenkt den Blick an ihr vorbei zu Huch.

- Und du?

Quarz fügt bei.

- Wolltest du schon immer mal ins Paradies?

Huch breitet die Arme aus.

- Leben dort Paradiesvögel?

Sarina löst das Seil.

- Das könnte sein.

Wega formt zur Verstärkung mit der Hand ein Megafon.

- Vergiss das Geschenk nicht!

Zeiss hält sich an der Reling fest.

- Es darf auch etwas Kleines sein.

Sarina setzt die Segel.

- Ein Stück Schwemmholz.

Quarz kommt ins Schwärmen.

- Ein Stein, der wie ein Herz aussieht.

Antje blickt dem Segelboot nach, bis es als kleiner Punkt am Horizont verschwindet.

- Ich möchte lieber einen Pinsel auflesen.

Huch steigt vom Bootssteg.

- Nun, der Strand ist weit.

Sie kniet auf einem Felsvorsprung.

- Gehen wir zu den Bäumen.

Er schaut aufmunternd.

- Manchmal liegt etwas zwischen den Wurzeln.

Ein Mann klettert barfuß durch die Wipfel.

- Hallo, ich bin Bosco Pietsch.

Er trägt einen Schlafanzug.

- Ich habe einen Pinsel gefunden.

Antje streicht sich eine Haarsträhne aus dem Gesicht.

- Sind die Borsten sandig?

Pietsch zieht eine Schulter hoch.

- Nein, nur struppig, aber nicht sandig.

Eine Frau nähert sich in trippelnden Tanzschritten.

- Hallo, ich bin Dajana Verheugen.

Sie trägt ein Cocktailkleid und bringt eine Schale.

- Ich habe mit Matetee grüne Farbe gemacht.

Antje zeigt sich beeindruckt.

- Damit könntest du ein Gras malen.

Dajana lässt die Hand über den Schalenrand gleiten.

- Oder ein Blatt.

Pietsch senkt den Kopf.

- Ich stelle mir ein grünes Sofa vor.

Ein Lächeln umspielt ihre Lippen.

- Es fehlt nur die Leinwand.

Ein Mann schreitet langsam.

- Hallo, ich bin Emilio Mai.

Er trägt ein T-Shirt und bringt eine auf Keilrahmen gespannte Leinwand.

- Ich suche einen Zwischenraum.

Antje stützt die angewinkelten Arme aufs Becken.

- Was hast du vor?

Pietsch stellt die Unterlippe vor.

- Möchtest du den Rahmen abstellen?

Dajana steht von einem Bein aufs andere.

- Oder gegen einen Baum lehnen?

Mai platziert die Leinwand zwischen 2 Wurzeln.

- Sie haben einen luftigen Zwischenraum, genau, wie ich ihn brauche.

Antje schiebt das Haar in den Nacken.

- Der Rahmen steht.

Pietsch hebt leicht die Nase.

- Ist Weiß deine Lieblingsfarbe?

Dajana betrachtet Mai von oben bis unten.

- Oder gibt es sonst eine Farbe, die dir gefällt?

Er schaut in die Schale.

- Mateteegrün.

Antje lächelt mit hochgezogenen Wangen.

- Malst du mit den Fingern?

Pietsch drückt ihm den Pinsel in die Hand.

- Oder möchtest du die Borsten in die Farbe tauchen?

Dajana hält ihm die Schale hin.

- Die struppigen Haare glätten sich wie von selber.

Mai grinst.

- Bestimmt willst du malen.

Antje tritt von einem Bein aufs andere.

- Nein, ich suche nur ein Geschenk am Strand.

Pietsch winkelt ein Bein ab.

- Wenn der Pinsel reden könnte, würde er sagen: Ich will nie zurück.

Dajana spitzt kurz die Lippen.

- Du kannst ihn ja weiterschenken.

Mai überlässt Huch den Pinsel.

- Was sagt er zu dir?

Huch blickt in die Runde.

- Was soll ich malen?

Antje lächelt und hebt kurz die Hand.

- Mach einen groben Klecks.

Er tunkt den Pinsel in die Farbe, kleckert.

- Seine Ränder fransen aus.

Pietsch fährt sich mit der Zunge über beide Lippen.

- Ziehe einen richtig ruppigen Strich.

Huch lässt den Pinsel über die Leinwand zischen.

- Er tönt wie ein Streichholz.

Fantasie für 4 Socken

Die Blätter schimmern grün in allen Schattierungen.
Huch hört ein verhaltenes Rauschen in den Bäumen.
Eine Frau tigert ohne Schuhe durch den Wald.

- Hallo, ich bin Gunda Jelpke.

Sie trägt ein Duchessekleid.
- Willst du dich verkleiden?
Ein Mann wetzt um die Stämme.

- Hallo, ich bin Ibo Noor.

Er trägt Badeshorts.
- Ich möchte ein Schaf sein.
Eine Frau taucht barfuß hinter den Blättern auf.

- Hallo, ich bin Uschi Lechner.

Sie trägt einen Engelsdress und bringt einen Schafpelz.
- Das Fell passt zu deinem Haar.
Gunda sieht Noor lang und prüfend an.
- Was machst du, wenn ein Wolf kommt?
Er schlüpft in den Pelz.
- Ich schaue, ob er Socken trägt.
Ein Mann balanciert auf einem Baumstamm.

- Hallo, ich bin Orson Frenz.

Er trägt Cargo-Hosen und bringt einen Wolfspelz.
- Wer probiert ihn an?
Eine Frau dringt durchs Dickicht.

- Hallo, ich bin Henriette Marat.

Sie trägt eine papageiengrüne Federboa.
- Ich will eine Wölfin sein.
Gunda mustert sie wachen Blicks.
- In einem Wolfsrudel würde ich dich sofort erkennen.
Noor breitet die Arme aus.
- Ohne Boa wäre es schwierig.
Frenz hat ein leichtes Lächeln auf den Lippen.
- Wickelst du sie um den Arm?
Henriette legt den Wolfspelz an.
- Nein, ich behalte sie um den Hals.
Uschi schiebt die Augenbrauen in die Stirn.
- Das Grün gefällt mir. Ich würde es allerdings mit einem roten Pelz kombinieren.
Frenz antwortet nur achselzuckend.
- Vielleicht finden wir einen Fuchspelz.
Henriette hebt das Handgelenk.
- Oder Socken.
Ein Mann geht den Weg entlang.

- Hallo, ich bin Enders Bast.

Er trägt ein Fischerhemd und einen Rucksack.

160

- Ich habe Socken.

Gunda hebt den Fuß etwas vom Boden ab.

- Sind sie grau oder schwarz?

Bast öffnet den Rucksack.

- Ich hätte da auch eine kornblumenblaue und bananengelbe Socke.

Noor schüttelt unmerklich den Kopf.

- Was hast du sonst noch im Rucksack?

Bast klaubt die Socken hervor.

- Was du wünschst.

Uschi streckt die Hand aus, als würde sie einen Ballon halten.

- Ich hätte Lust, Grün und Rot zu tragen.

Er kramt.

- Ich biete dir eine froschgrüne und eine kirschrote an.

Ein breites Lächeln erscheint auf ihrem Gesicht.

- Bei mir kommt die rote an erster Stelle.

Bast schenkt ihr die Socken.

- Wie im Regenbogen.

Sie legt sie an, zuerst die rote, dann die grüne.

- Sie passen zum Engelsdress. Oder sollte ich etwas Glitzerndes tragen?

Eine Frau lugt hinter einem Baum hervor.

- Hallo, ich bin Wenke Calderon.

Sie trägt ein Glitzerkostüm.

- Ich kenne einen schmalen Pfad.

Frenz wirbelt mit den Armen durch die Luft.

- Ich komme mit dir.

Henriette schiebt die Mundwinkel nach oben.

- Ich würde gern ein Schild sehen.

Bast schultert den Rucksack.

- Es könnte an einem Baum oder Pfosten sein.

Wenke zeigt mit dem Finger ins Waldesinnere.

- Ich weiß, wo ein Schild hängt.

Der schmale Pfad tut sich auf.

Gunda wippt mit dem Fuß.

- Ich gehe gut in den Socken.

Noor nickt respektvoll.

- Sie sind wie Mokassins.

Die Wipfel leuchten hellgrün.

Uschi streicht sich die Fransen aus der Stirn.

- Ich rieche Lindenblüten.

Frenz lehnt lässig gegen einen Baumstrunk.

- Ich höre Bienen.

Wenke weist auf ein birkenweißes Schild.

- Da ist es!

Henriette schaut ihr über die Schulter.

- Fast wäre ich daran vorbeigegangen.

Bast neigt den Kopf leicht zur Seite.

- Die Schrift ist größer als ich dachte.

In schachschwarzen Buchstaben steht die Frage.

- Hast du ein Loch in der Socke?

Gunda kreist das Fußgelenk.

- Ich nicht! Meine Socken sind robust.

Noor wendet sich mit einem winzigen Augenzwinkern Uschi zu.

- Wie steht es mit deinen?

Sie strahlt Lockerheit aus.

- Alle Socken haben ein Loch.

Frenz tippt kurz an den Kopf.

- Ah, du meinst oben beim Bündchen, zum Reinschlüpfen.

Ein Mann nähert sich mit besonders geschmeidigem Gang.

- Hallo, ich bin Toby York.

Er trägt Hanfschuhe.

- Ich stelle eure Socken in der Jahrhunderthalle aus.

Gunda trippelt auf den Zehenspitzen.

- Ist gut.

Uschi hebt den Blick.

- Warum heißt sie Jahrhunderthalle?

York setzt einen Fuß vor den anderen.

- Dort wird alles ausgestellt, was dem Jahrhundert Farbe gibt.

Hohe Bäume säumen den Weg.

Henriette schlägt die Augen auf.

- Wie würdest du pfeifen, wenn du ein Vogel wärst?

Bast schaut in die Runde.

- Nur kurz. Und dann würde ich lang zuhören.

Vogelstimmen klingen aus der Hecke am Waldrand.

Wenke lauscht aufmerksam.

- Ich höre einen Wiedehopf.

Die Vögel fliegen zu einer aufgelassenen Industriehalle im Wiesland.

Ein Hauch von Stolz lässt kurz Yorks Wangen erglimmen.

- Vor uns steht die Jahrhunderthalle!

Gunda federt in den Knien.

- Könntest du den Gesang eines Vogels auf dem Klavier spielen?

Noor schiebt den Finger in den Mund.

- Nur auf einem Flügel.

Neben dem Eingang steht eine Klavierbank.

Uschi streicht Huch über die Schulter.

- Spielst du Luftklavier?

Er stellt sich auf die Fußballen.

- Wie meinst du das?

Sie macht es vor.

- Nun, du lässt die Finger auf den Tasten eines unsichtbaren Konzertflügels tanzen.

Er nimmt auf der Bank Platz, klappt pantomimisch den Tastaturdeckel auf.

- Welches Stück willst du hören?

Frenz legt die Hand ans Ohr.

- Ich hätte gern Mozarts Fantasie für Klavier in d-Moll.

Huch streckt die Fußspitzen vor, die Hände, schlägt die ersten Töne an.

- Sie fallen leicht wie Blütenblätter.

Eine Frau guckt aus dem Fenster des Obergeschoßes.

- Hallo, ich bin Anuschka Quente.

Sie trägt ein Kattunkleid und stellt einen Korb auf den Sims.

- Ich bringe Blütenblätter zum Fliegen.

Er hebt den Kopf.

- Moment, ich gehe gleich weg.

Sie kippt den Korb.

164

- Wieso? Sie sind für dich.

Rosenblütenblätter schneien herab.

Henriette verharrt beim Anblick.

- Nur die Socken sind farbiger.

Bast beginnt zu schwärmen.

- Ich lasse die kirschrote Wolle nie ausgehen.

Anuschka trippelt die Treppe hinunter, erscheint beim Eingang.

- Zeig mir die Socken!

Gunda hebt das Bein, bückt sich.

- Ich ziehe zuerst die blaue aus.

Anuschka reißt sie ihr aus der Hand.

- Wie stelle ich sie aus?

Huch dreht die Klavierbank um.

- 4 Beine hat die Bank, ein Bein für jede Socke.

Es klappt mit Klappstühlen

Die Flut stürzt in die Tiefe.

Huch steht neben der Gischtfahne des Wasserfalls.

Eine Frau quert die Hängebrücke.

- Hallo, ich bin Zana Peschel.

Sie trägt ein Mantelkleid.

- Kannst du auf einem Klavier spielen, ohne die Tasten zu berühren?

Huch entgegnet nach kurzem Zögern.

- Vielleicht schon. Wir lassen nichts unversucht.

Zana schreitet in den Wald hinein.

- Die uralten Bäume sprechen mit uns.

Er lauscht den Geräuschen.

- Ich höre das Echo des Wasserfalls.

Zwischen den Ästen fällt das Sonnenlicht auf einen Steinway Konzertflügel.

Sie spitzt die Lippen.

- Bist du zufrieden mit deinen Schuhen?

Huch öffnet den Deckel.

- Ja. Wieso fragst du?

Zana dehnt den Hals.

- Hättest du gern Joggingschuhe?

Er streicht mit dem Finger über eine Saite.

- Nein. Mich nimmt wunder, wie die Saite ohne Anschlag

tönt.

Ein Mann rennt mit ausgebreiteten Armen.

- Hallo, ich bin Dejan Schell.

Er trägt Joggingschuhe.

- Dein Song geht mir unter die Haut.

Zana hebt ihre Augenbrauen zur Mitte hin.

- Du hast ihn ohne Tasten komponiert.

Huch wird kurz still, denkt nach.

- Das war ein Ton. Soll ich einen Song schreiben?

Sie wirft den Kopf zurück und lacht.

- Noch einen?

Schell klappt mit der Hand sein Ohr nach vorne.

- Vielleicht später. Ich genieße den Nachklang.

Eine Frau schlängelt sich durch den Wald.

- Hallo, ich bin Viorica Kaltenbach.

Sie trägt ein Nickistoffkleid und bringt einen Pinsel.

- Wo könnte ich ihn ablegen?

Zana tastet die Bäume mit ihren Blicken ab.

- Ich suche eine Astgabel.

Schell bewegt sich aus der Hüfte heraus.

- Wenn es ein Astloch gäbe, könntest du ihn hineinstecken.

Die Schritte eines Manns werden kürzer.

- Hallo, ich bin Alberto Rein.

168

Er trägt ein Käferkostüm und bringt eine Schale.

- Jedes Blau ist anders.

Ein Leuchten fliegt in Vioricas Gesicht.

- Wie hast du die Farbe hergestellt?

Rein streicht mit der Hand über den Schalenrand.

- Aus Lapislazuli.

Eine Frau trippelt über die Wurzeln.

                - Hallo, ich bin Frederica Garcia.

Sie trägt ein Papierkleid und bringt einen Keilrahmen.

- Ich habe die Leinwand weiß grundiert.

Zana strafft den Rücken.

- Willst du malen?

Schell winkelt das Bein beim Knie ab.

- Ich hänge immer noch dem Song nach.

Ein Mann weicht herumliegenden kleinen Ästen aus.

              - Hallo, ich bin Jeffrey Harr.

Er trägt eine Livree.

- Ich nehme den Pinsel in die linke Hand.

Viorica überreicht ihn.

- Bist du Linkshänder?

Harr gibt den Pinsel Huch weiter.

- Nein, ich händige ihn rechts aus.

Rein bietet Huch die Schale an.

- Werden die Haare blau, wenn du sie eintauchst?

Huch tunkt den Pinsel in die Farbe.

- Lapislazuliblau sogar.

Frederica lehnt den Rahmen an den Konzertflügel.

- Fahre mit dem Pinsel ringsum.

Harr stößt die Nasenspitze nach vorn.

- Bis du einen Kringel siehst.

Huch führt den Pinsel schwungvoll.

- Was sagt ihr zum Kreis?

Zana zieht die Brauen nach oben.

- Er ist klein und allein.

Schell macht große Augen.

- Er muss sich erst auf der großen Leinwand zurecht finden.

Viorica nimmt Huch den Pinsel ab.

- Brauchst du ihn noch?

Er lässt die Arme an der Seite erschlaffen.

- Nein, ich lehne zurück.

Eine Frau begibt sich in den Wald.

                                        - Hallo, ich bin Oda Ifo.

Sie trägt ein Regenbogenkleid.

- Ich stelle das Bild an der Kunstmesse aus.

Rein geht einen Schritt zurück.

- Gibt es dort ein Kissen zum Sitzen?

Oda atmet hörbar ein.

- Sogar mehrere.

Frederica nimmt die Leinwand.

- Ist es leicht, dorthin zu kommen?

Odas Augen schimmern.

- Ja. Nur ein Riese müsste den Kopf einziehen.

Der Weg führt tunnelartig eng unter dem Geäst hindurch.

170

Harr blickt sich um.

- Was tönt?

Oda lauscht aufs Rauschen.

- Das sind die Blätter im Wind.

Die Kunstmesse befindet sich in einem Haus mit hellen Dachziegeln und einem fantasievoll geschwungenen Giebel.

Zana lächelt freundlich und breit.

- Ich würde ein Kissen mit Daunen stopfen.

Schell klettert über die zitronengelben Kissen, die um den Eingang liegen.

- Mir gefallen Federn.

Ein Mann schiebt sich zur Tür hinaus.

- Hallo, ich bin Enzo Maas.

Er trägt eine Matrosenuniform.

- Habt ihr ein Bild?

Viorica weist auf die Leinwand.

- Ja. Und du? Wie viele hast du?

Maas atmet tief.

- Ich habe nur Klappstühle im Haus und Kissen im Freien.

Rein stellt sich auf die Zehenspitzen.

- Wie sind sie gestopft?

Maas hält eines hoch.

- Mit Federn.

Frederica sucht einen vorspringenden Punkt in der Fassade.

- Wo soll ich den Keilrahmen anlehnen?

Maas steht leicht nach vorne gebeugt.

171

- Irgendwo an die Wand.

Seine Stimme schimmert seidig.

- Ich eröffne die erste Ausstellung.

Harr schnappt sich ein Kissen.

- Vielleicht sind es Gänsefedern.

Zana setzt sich.

- Eine Gans fliegt weit.

Schell wählt das Nachbarkissen.

- Merkst du das beim Sitzen?

Viorica nimmt Platz.

- Ja, es gibt eine Art Fluggefühl.

Rein lässt sich nieder.

- Ich schaue das Bild an, schalte ab, entspanne mich.

Frederica lässt sich von Harr ein Kissen reichen.

- Passt der gelbe Bezug zum blauen Kreis?

Er gesellt sich zu ihr.

- Irgendwie besser als ein blauer Bezug zum gelben Kreis.

Oda erhält von Maas ein Kissen.

- Ist es schwer, einen Kissenbezug herzustellen?

Maas geht erst in die Hocke, bevor er es sich auf seinem Kissen bequem macht.

- Nein, es braucht nur etwas Stoff, Schere, Nadel und Faden.

Huch spürt eine Hand im Rücken, die ihn sanft schiebt.

- Wer schubst mich?

Eine Frau lächelt ihn breit an.

- Hallo, ich bin Uta Yasar.

Sie trägt ein Tageskleid.

- Möchtest du Klappstühle aufbauen und nacheinander umwerfen?

Ein Mann eilt im Laufschritt.

- Hallo, ich bin Camillo Baar.

Er trägt ein Piratenkostüm und bringt einen Klappstuhl.
- Ich fange an.
Eine Frau fegt aus dem Haus.

- Hallo, ich bin Timea Neuber.

Sie trägt ein Ballkleid und bringt den zweiten Stuhl.
- Ich fahre fort.
Uta tanzt um Huch herum.
- Wir brauchen noch einen Namen für unsere umwerfende Darbietung.
Er gleitet mit der Hand über die Lehne eines Klappstuhls.
- Domino.

Der Fetzen

Steil fällt der Berg ab.

Huch genießt den Wind auf dem Gesicht.

Unter dem Waldgürtel staut sich ein Wolkenmeer.

Eine Frau durchwandert die Wiese entlang des Felsens.

- Hallo, ich bin Wendy Lehmann.

Sie trägt ein Crêpe-Kleid.

- Möchtest du eine Plakatwand sehen?

Ein Mann eilt im tänzelnden Laufschritt.

- Hallo, ich bin Quent Yung.

Er trägt eine Pilotenmütze.

- Ich schaue gern Logos, Schriftzüge und Slogans an.

Wendy beugt den Oberkörper zur linken Seite.

- Ist gut. Gehen wir zur Lagerhalle.

Der Trampelpfad windet sich den Hang hinauf.

Yungs Stimme klingt frisch.

- Was ist neben der Halle?

Sie zwirbelt das Haar mit den Fingern.

- Eine uralte Eiche.

Er führt mit dem Arm einen halben Kreis aus.

- Ich gehe gern über Wurzeln.

Eine Lagerhalle duckt sich in den Berg. Die Wetterseite

175

zeigt Plakatfetzen.

Wendy bewegt die Schultern leicht nach vorn.

- Willst du einen Fetzen abreißen?

Yung berührt mit dem Daumen die Kuppe des Zeigefingers.

- Noch nicht. Solange er an der Wand hängt, kann ich ihn besser bemalen.

Eine Frau flitzt um die Ecke der Halle.

- Hallo, ich bin Jane Dittmann.

Sie trägt eine Federgirlande im Haar und bringt einen Pinsel.

- Sind die Borsten fein oder hart?

Wendy zieht die Brauen hoch.

- Von bloßem Auge würde ich sagen: Fein.

Yungs Blick wandert zu Huch.

- Was meinst du?

Jane zwinkert ihm zu.

- Soll ich warten, bis jemand kommt?

Sie drückt ihm den Pinsel in die Hand.

- Nein, ich schenke ihn dir.

Huch winkelt das Bein nach hinten an.

- Ich höre einen Ast knacken.

Ein Mann geht mit kleinen, vorsichtigen Schritten.

- Hallo, ich bin Igor Topp.

Er trägt ein Ringelshirt und bringt eine Schale.

- Aus Wacholdernadeln habe ich ein Blau hergestellt.

Wendy legt den Zeigefinger an die Oberlippe.

- Zu welchem Fetzen könnte es passen?

Yung geht zur Plakatwand.

- Ich suche einen, der wie ein Papierflieger aussieht.

Jane glättet einen fallschirmweißen Fetzen.

- Er hängt lose.

Topp bietet Huch die Schale an.

- Malst du eine gerade Linie?

Huch tunkt den Pinsel in die Farbe.

- Eher eine Welle.

Er zieht eine Linie auf den Fetzen.

- Sie steigt auf und fällt.

Wendy dreht sich um.

- Für mich ist das eine Glockenlinie.

Yung hebt den Arm.

- Am liebsten würde ich sie mit dem Finger nachzeichnen.

Jane lehnt sich an Huchs Schulter.

- Darf ich dir den Pinsel abnehmen?

Er gibt ihn aus der Hand.

- Ja, das ist aufmerksam.

Eine Frau hemmt ihren Schritt.

- Hallo, ich bin Nicole Garret.

Sie trägt einen Glockenrock.

- Ich stelle den Fetzen im Kulturtreff aus.

Topp legt den Kopf in den Nacken.

- Wie willst du ihn abreißen?

Nicole legt den Finger an die Wange.

- Mit einem entschlossenen Ruck, wie ein Kalenderblatt.

Wendy steht dicht neben ihr.

- Ich würde beide Hände einsetzen.

Yung blinzelt unter seiner Pilotenmütze.

- Wenn der Ruck aus den Armen herauskommt, gibt es den richtigen Zug.

Janes Finger tippen in der Luft herum.

- Wer traut sich?

Topp stellt die Schale ab.

- Ich schon!

Er reißt den Fetzen von der Plakatwand.

- Er hing locker.

Nicole gibt das Zeichen zum Aufbruch.

- Gehen wir!

Sie federt den schmalen Trampelpfad voran.

- Hat es noch Farbe?

Wendy nimmt die Schale mit.

- Ja. Wenn ich einen Liegestuhl hätte, würde ich ihn blau anstreichen.

Yung probiert einen Tanzschritt.

- Ich würde Tupfen malen.

Die flamingofarbene Wand des Kulturtreffs schimmert. Der Balkon bröckelt. Gras wuchert in der Fensterhöhle. Ein Mann tritt aus der Tür.

- Hallo, ich bin Bojan Zink.

Er trägt Schottenhosen.

- Bringt ihr etwas zum Ausstellen?

Jane windet eine Haarsträhne um den Finger.

- Ja, einen Fetzen.

Topp blickt fröhlich drein.

- Die Linie ist wacholderblau.

Nicole hebt das Handgelenk.

- Wie willst du ihn ausstellen?

Zink nimmt den Fetzen aus Topps Händen.

- Ich möchte ihn bequem vom Liegestuhl aus betrachten können.

Er stellt ihn ins Gras in der Fensterhöhle.

- Die Halme halten ihn.

Wendy blickt fröhlich.

- Kann ich dir bei der Eröffnung der Ausstellung helfen?

Zink deutet zur Tür.

- Ja, hol dir einen Liegestuhl.

Er richtet den ganzen Körper auf.

- Das Gestell ist aus Birkenholz, extra leicht.

Yung geht ins Haus.

- Ich nehme auch einen und richte ihn zum Fenster aus.

Jane legt den Pinsel auf den Sims.

- Er passt zum Gras.

Zink zieht die Winkel des breiten Munds nach oben.

- Ein Pinsel mit einem schlanken Stiel findet überall Platz.

Topp bringt ein paar Liegestühle.

- Wie funktionieren sie?

Zink greift einen heraus und zeigt es vor.

- Ich klappe ihn auf.

Nicole fläzt sich in den Stuhl.

- Das Birkenholz ist hell.

Zink setzt sich neben sie.

- Wie ist die Sicht auf den Fetzen?

Wendy nimmt Platz.

- Aus jedem Winkel sieht er ein wenig anders aus.

Yung schließt sich an.

- Hast du gern Schuhe mit Absätzen?

Jane lässt sich nieder.

- Ich liege auch gern barfuß im Liegestuhl.

Topp gesellt sich zu ihr.

- Oder mit Sandalen.

Eine Frau klappert mit den Absätzen.

- Hallo, ich bin Antoinette Schöner.

Sie trägt einen Haarreif mit Hasenohren.

- Ich habe einen Baum gesehen. Seine Äste wachsen zu Buchstaben.

Nicole sagt augenzwinkernd.

- Ich lege eine Pause ein.

Zink senkt den Blick.

- Bald raffe ich mich auf.

Antoinette lehnt sich ganz nebenbei bei Huch an.

- Hast du Tennisschuhe?

Er weicht zurück.

- Wieso?

Sie zeigt beim Lächeln alle Zähne.

- Dann könntest du schneller mit mir beim Baum sein.

Ein Mann läuft querfeldein.

- Hallo, ich bin Rodolfo Klemm.

Er trägt Tennisschuhe.

- Gehst du zum Buchstabenbaum?

Antoinette legt die Hand aufs Herz.

- Kommst du mit?

Seine Stimme klingt beschwingt.

- Dabei kann ich meine neuen Tennisschuhe einlaufen.

Ihre Hand gleitet über Huchs Schulter.

- Trägst du deine Schuhe schon lang?

Er schaut erst zu Antoinette, dann zu Klemm und dann wieder zurück zu ihr.

- Ja, sie haben schon Jahrringe angesetzt.

Fledermaus im Federhaus

Wasser schießt aus einer kreisrunden Öffnung, faucht und zischt.
Huch steht neben der Quelle.
Durch seltsam geformte Felsen sprudelt der Bach.
Eine Frau macht vorsichtig einen Schritt.

- Hallo, ich bin Hella Orlando.

Sie trägt einen Jeansrock.
- Möchtest du einen Zweireiher?
Ein Mann nähert sich mit federndem Gang.

- Hallo, ich bin Ulf Van.

Er trägt einen Zweireiher.
- Ich habe einen.
Hella lehnt den Kopf leicht zurück.
- Wieso?
Van stellt sich aufrecht hin.
- Da führe ich immer eine Reihe Ersatzknöpfe mit.
Eine Frau pirscht sich heran.

- Hallo, ich bin Pauline Marek.

Sie trägt einen Kimono.

183

- Ich zeige euch eine Höhle. Kommt mit!

Hellas Blick gleitet über den Kalksteinfelsen.

- In der Höhle finde ich vielleicht eine Uhr.

Van zieht den Fuß an.

- Oder ein Bärenkostüm.

Der Weg führt durch die Büsche zu einer Höhle.

Pauline schlenkert die Arme.

- Die Öffnung hat deine Größe.

Hella läuft hinein.

- Ich muss mich nicht bücken.

Van nimmt einen tiefen Atemzug.

- So bleibt der Nacken locker.

Pauline schubst Huch leicht.

- Worauf wartest du?

Er verharrt in der Betrachtung.

- Ich habe Respekt.

Sie fragt augenzwinkernd.

- Wovor?

Huch schiebt die Fersen zusammen.

- Es könnte eine Fledermaus in der Höhle leben.

Hella kehrt mit einer alten Uhr und einem Schlüssel zum Eingang zurück.

- 10 nach 10.

Van deutet mit einem Nicken auf das Ziffernblatt.

- Die Zeiger zeigen ein Lächeln.

Pauline zieht beide Augenbrauen nach oben.

- Tickt die Uhr?

Hella horcht.

- Nein, sie ist stehen geblieben.

Van verlagert sein Gewicht von einem Fuß auf den anderen.

- Der Schlüssel könnte zum Aufziehen sein.

Ein Mann rennt wie entfesselt.

- Hallo, ich bin Fabrice Chu.

Er trägt ein Bärenkostüm.

- Kehre die Uhr um.

Pauline fragt etwas unsicher.

- Wie meinst du das?

Chu wischt mit der Hand durch die Luft.

- Schau sie von hinten an.

Hella betrachtet die Rückseite.

- Mir fällt eine Öffnung auf.

Sie steckt den Schlüssel hinein.

- Was geschieht jetzt?

Chu fährt mit dem Zeigefinger über die Daumenkuppe.

- Kannst du ihn drehen?

Hella wölbt die Unterlippe vor.

- Ich höre ein leises Rascheln.

Eine Frau schlendert gelassen.

- Hallo, ich bin Elmira Iglesias.

Sie trägt ein Leopardentop und bringt einen Schraubenzieher.

- Er ist klein.

Van zieht die Schultern ein.

- Gibt es auch größere?

Elmira spielt mit dem Schraubenzieher.

- Mein größter ist einen halben Meter lang.

Pauline wippt auf den Zehen.

- Den hast du aber nicht dabei.

Elmira strahlt über das ganze Gesicht.

- Nein, aber ich könnte ihn holen.

Chu lehnt zurück.

- Nicht nötig, wir haben ja keine Turmuhr gefunden.

Hella legt die Uhr auf den Boden.

- Diese Stelle ist flach wie ein Tisch.

Ein Mann trippelt mit winzigen, aber sicheren Schritten.

- Hallo, ich bin Gebhard Ward.

Er trägt einen Cowboyhut.

- Darf ich den Schraubenzieher haben?

Elmira gibt ihn aus der Hand.

- Was hast du vor?

Ward dreht eine Schraube.

- Ich schraube sie heraus.

Eine Frau wandert zwischen den Felsen.

- Hallo, ich bin Sema Teichmann.

Sie trägt ein Matrosenkleid.

- Habt ihr ein Vogelhaus?

Hella schlägt die Augen auf.

- Nein, das ist eine Uhr.

Van faltet die Hände über dem Bauch.

- Das Gehäuse ist aus Holz.

Sema hebt die Rückwand ab.

- Ich öffne es.

Pauline spitzt die Lippen.

- Wenn du eine Uhr machst, was für ein Holz nimmst du?

Chu lässt die Arme locker baumeln.

- Ich würde mich zuerst im Wald umsehen.

Elmira stellt ein Bein vor das andere.

- Jeder Baum sagt: Ich will leben.

Ward kräuselt die Oberlippe.

- Von daher ist es gut möglich, dass ich vorderhand keine Uhr mache.

Sema späht ins Uhrwerk.

- Ich sehe eine Trommel mit Deckel.

Ward baut sie sorgfältig aus.

- Das ist das Federhaus.

Hella hält den Kopf schräg.

- Würdest du einen Frack tragen?

Van macht einen runden Rücken.

- Nur wenn ich einen Zylinder hätte.

Pauline reckt das Kinn vor.

- Was! Du würdest einen Frack suchen, nur weil du einen Zylinder trägst?

Ein Mann beschleunigt seine Schritte.

- Hallo, ich bin Alessandro Quinn.

Er trägt einen Frack.

- Gib mir das Federhaus!

Ward reicht es ihm.

- Wie kannst du es auftun?

Quinn entfernt den Deckel.

187

- Mit einem Dreh.

Eine winzige Fledermaus schwirrt aus dem Federhaus.

Chu weicht mit dem Oberkörper zurück.

- Eine Giraffe hätte nicht Platz gehabt.

Elmira sucht mit der Hand auf umständlichem Weg das Ohr.

- Wie kommst du darauf?

Ward greift hinter sein Ohr.

- Giraffen sind uns irgendwie näher.

Elmira lacht hell.

- Weil wir ihre Rufe hören.

Eine Frau tastet sich der Felswand entlang.

- Hallo, ich bin Rosalie Janko.

Sie trägt ein Pepitakleid und bringt eine Kreide.

- Zeichnest du eine Giraffe?

Sema rollt die Zunge über die Lippen.

- Auf den Felsen?

Rosalie gibt ihr die Kreide.

- Ja, bist du bereit?

Sema überlässt sie Quinn.

- Ich schaue lieber zu, wie du dich streckst und den langen Hals malst.

Er schüttelt leicht den Kopf.

- Dabei könnte aber Kreidestaub auf meinen Frack fallen.

Rosalie entzieht ihm die Kreide und schenkt sie Huch.

- Es muss nicht unbedingt eine Giraffe sein.

Er lässt seinen Blick in die Runde schweifen.

- Was soll ich zeichnen?

Hella geht in die Hocke.

- Wie wäre es mit einer Schlangenlinie?

Van macht einen Luftsprung.

- Oder mit doppelten Schlangenlinien?

Huch lässt die Kreide im Zickzack über die Felswand laufen.

- Das wären dann fast schon Wellen.

Pauline dreht sich Chu zu.

- Kannst du in einer Schlangenlinie gehen?

Seine Stimme rutscht eine Oktave höher.

- Aber sicher. Einwärts, dann auswärts.

Rosalie nimmt Huch die Kreide ab.

- Sind Giraffen schwierig zu zeichnen?

Er schaut schräg und keck.

- Versuche es.

Die Akelei in der Sonne

Kristallklar gluckert der Fluss zwischen den kalkweißen Felsen.
Huch hält die Arme entspannt an den Seiten.
Das Wasser deutet Strudel an, kräuselt.
Ein Einhorn schwimmt in der Strömung. Darauf sitzt eine Frau.

- Hallo, ich bin Zelda Yoshida.

Sie trägt einen Rüschenrock.
- Willst du reiten?
Ein Mann geht schrittweise vorwärts.

- Hallo, ich bin Kurt Neff.

Er trägt Golfsocken.
- Darf ich?
Zelda lenkt das Einhorn zur Sandbank.
- Traust du dich?
Neff schiebt sein Kinn nach vorn.
- Ja, ich rede mit ihm.
Sie steigt ab.
- Das musst du mir zeigen.
Er schwingt sich auf den Rücken des Einhorns.
- Bewege dich langsam. Ich reite zum ersten Mal.

191

Zelda strafft den Hals.

- Es versteht dich.

Neff hält den Atem an.

- Ich habe auch zum ersten Mal mit einem Tier geredet.

Das Einhorn trabt mit ihm davon.

Zelda öffnet die Lippen zu einem strahlenden Lächeln.

- Was gefällt dir am Ufer?

Huch fühlt ihre Hand auf seinem Arm.

- Die Wurzeln.

Eine Frau wiegt sich beschwingt im Tanz.

- Hallo, ich bin Dana Layer.

Sie trägt einen Sari.

- Was machst du, wenn du einen Zettel findest?

Zelda dreht das Handgelenk.

- Ich nehme ihn auf.

Dana krallt und streckt die Zehen.

- Liest du ihn selber?

Kräftige Wurzeln überziehen den schmalen Pfad wie Adern.

Zelda hüpft.

- Nein, du musst ihn vorlesen.

Dana lässt das Becken wippen.

- Am liebsten lese ich Fragen vor.

Die Wurzeln eines Stammes sehen wie ein Torbogen aus.

Zelda legt Huch von hinten den Arm über die Schulter.

- Wir halten Ausschau nach einem kleinen Stück Papier.

Dana streckt die Hände in Halshöhe aus.

- Es könnte auch gefaltet sein.

Zwischen 2 dicken Strängen klemmt ein Zettel.

Zelda klaubt ihn hervor.

- Er ist zerknittert.

Dana glättet ihn, liest die Frage vor.

- Möchtest du einem Außerirdischen begegnen?

Zelda verzieht das Gesicht zu einem Lächeln.

- Ja, wenn er gern Blumen hat.

Dana blickt Huch fragend an.

- Und du?

Er schaut in den Himmel.

- Ich sehe einen blauen Schweif.

Sein Blick verliert sich über einer Sandbank am Ufer, wo ein Ufo landet.

Zelda beobachtet es aufmerksam.

- Die Ausstiegsluke bewegt sich.

Dana wiegt sich vor und zurück.

- Sie springt auf.

Ein Mann klettert aus dem Ufo.

- Hallo, ich bin Bork Harb.

Er trägt eine Hotelboy-Uniform.

- Welche ist deine Lieblingsblume?

Zelda stemmt die Hände in die Hüfte.

- Die Graslilie.

Harb streckt das Kinn nach vorn.

- Und deine?

Dana öffnet leicht den Mund.

- Der Mohn. Wie heißt deine Lieblingsblume?

Er fasst sich an die Wange.

- Die Akelei. Wo wächst sie?

Eine Frau überquert die Sandbank.

- Hallo, ich bin Clivia Schöneberger.

Sie trägt ein Tüllkleid.

- Die Akelei blüht in der Nähe.

Zelda hüpft.

- Führst du uns hin?

Clivia hat ein feines Lächeln auf den Lippen.

- Eilt es?

Dana wackelt mit den Händen.

- Nein, wir haben viel Zeit.

Harb dreht Pirouetten.

- Dieser Tanz ist für dich.

Clivia gibt sich einen Ruck.

- Du hast es heraus.

Die weit überhängenden Äste geben dem Weg etwas Tunnelartiges.

Zelda greift hinter das Ohr.

- Ich höre ein Rotkehlchen.

Dana bleibt stehen.

- Es singt glockenhell.

Zwischen einer Wiese und einem kleinen Waldstück trifft ein Sonnenstrahl auf eine Blume.

Harb reckt den Hals.

- Da ist die Akelei.

Clivia bemerkt das Glänzen in seinen Augen.

- Was machst du?

Er beugt sich über die Blüte.

- Ich lese das Muster.

Zelda neigt den Oberkörper zu Huch.

- Kannst du das auch?

Er macht einen Schritt zur Seite, einen Schritt nach hinten.

- Ich verstehe mich eher auf Buchstaben und Ziffern.

Harb hockt sich ins Gras.

- Lies einfach mit Bienenaugen.

Ein Mann betritt die Wiese.

- Hallo, ich bin Michael Wett.

Er trägt Jeans.

- Es gibt eine mächtige, uralte Föhre.

Clivia hebt das Kinn.

- Ich würde sie gern anschauen.

Zelda schlägt die Augen auf.

- Wo steht sie?

Wett geht leicht in die Grätsche.

- Auf der Bergkuppe.

Dana tänzelt herum.

- Der Anstieg beginnt sanft.

Der Pfad wird steiler und schmaler.

Harb lässt die Arme kreisen.

- Wenn du das Gewicht auf ein Bein verlagerst, drehst du schon fast eine Pirouette.

Clivia steht eine Zeit lang auf einem Bein.

- Das kann ich.

Wett weist auf eine Föhre.

- Hier hängt ein Schild.

Zelda tritt näher.

- Es ist aus Pappe.

Dana folgt ihr.

- Siehst du Buchstaben?

Harb legt den Kopf leicht zur Seite.

- Das sind Ziffern.

Clivia stützt das Kinn auf die Hand.

- Vielleicht eine Nummer.

Wett gerät ins Staunen.

- Haben die Föhren eine Nummer?

Sie fährt sich mit den Fingern durch die Haare.

- Ich denke eher an eine Telefonnummer.

Zelda leckt sich über die Lippen.

- Welches Kleid würdest du zum Telefonieren anlegen?

Dana senkt ihre Stimme ein wenig.

- Ein Ballonkleid.

Harbs Hände zeichnen einen Bogen in die Luft.

- Das stelle ich mir rund vor.

Eine Frau erkundet die Gegend.

- Hallo, ich bin Janna Gaspar.

Sie trägt ein Ballonkleid.

- Ich komme aus einer Telefonkabine.

Clivia läuft hierhin und dorthin.

- Steht sie in der Nähe?

Wett zieht die Nase kraus.

- Ich würde auch einen Weg in Kauf nehmen.

Janna geht querfeldein über einen Wiesenpfad.

- Ich zeige sie euch.

Das Gras zittert im Wind.

Zelda dreht sich sanft, nimmt Tempo auf und zieht schließlich immer schnellere Pirouetten.

- Würdest du das Telefon benutzen, wenn meine Kabine an deine angebaut wäre?

Dana bewegt die Finger, als würde sie an etwas zupfen.

- In jedem Fall. Es macht Spaß, die Wählscheibe zu berühren.

Harb blinzelt.

- Und was würdest du sagen?

Huch macht einen Ausfallschritt.

- Hallo!

Fledermaus im Federhaus

Das Riesenspinnennetz

Die Welle glitzert.
Huch sieht einen Zitronenfalter.
Er fliegt über den grünblauen See.
Eine Frau kühlt im flachen Uferwasser die Füße.

- Hallo, ich bin Fabiola Adebar.

Sie trägt ein Flamencokleid.
- Kannst du hüpfen?
Ein Mann hopst Stück für Stück näher heran.

- Hallo, ich bin Rinaldo Quorr.

Er trägt ein Kaminfeger-Kostüm und bringt eine Leinwand.
- Ich habe sie auf einen verstrebten Holzrahmen gespannt.
Fabiola traut ihren Augen nicht.
- Ist sie weiß?
Quorr trommelt mit den Fingerkuppen auf den Stoff.
- Lichtweiß.
Eine Frau kommt strahlend gerannt.

- Hallo, ich bin Odette Immergrün.

Sie trägt ein Golfkleid.
- Kannst du deine Zehen gut bewegen?

Fabiola wirbelt im Kreis durch die Luft.

- Ja, abrollen und einziehen.

Quorr lehnt gegen den Rahmen.

- Ich laufe ständig barfuß.

Sie streckt die Zehen.

- Schenkst du mir die Leinwand?

Er fährt mit den Fingern über den Rand.

- Ja. Willst du malen?

Odette beugt das Knie.

- Nein, ich stelle sie im Weltkulturmuseum aus.

Fabiola kehrt Quorr den Kopf zu.

- Soll ich sie tragen?

Er zieht Ober- und Unterlippe in den Mund.

- Das ist nicht nötig. Der Rahmen ist leicht.

Odette legt ihre Hand auf Huchs Arm.

- Beobachtest du einen Fisch?

Er steht auf einem Bein.

- Nein, den Zitronenfalter.

Der Weg führt durch den Wald zum Berg hinauf.

Fabiola saugt die Luft tief durch die Nase ein.

- Kannst du eine Matratze mit Leinwand beziehen?

Quorr trägt den Rahmen.

- Ja, dann brauche ich allerdings mehr Stoff.

Sie wippt die Arme hoch erhoben.

- Es gibt auch winzige Matratzen.

In der Wiese vor dem Weltkulturmuseum liegt eine riesige Matratze.

Odettes Augen glänzen.

- Hier werde ich relaxen.

Fabiola geht in die Hocke.

- Liegst du lieber links oder rechts?

Quorr stellt die Leinwand ab.

- In der Mitte.

Das Weltkulturmuseum ist wie ein Baumhaus in den Wipfel einer Eiche gebaut.

Ein Mann klettert die Strickleiter hinunter.

- Hallo, ich bin Tadeo Perl.

Er trägt eine Matrosenjacke.

- Was soll ich ausstellen?

Odette stützt das Kinn in die Hand.

- Nimm Rinaldos Leinwand!

Perl guckt interessiert.

- Wir könnten sie ins Gras legen.

Fabiola richtet den Blick auf ihn.

- Ich würde den Rahmen stellen und anlehnen.

Er spreizt die Finger.

- Woran?

Sie läuft mit hochgeworfenen Armen zur Eiche.

- An den mächtigen Stamm.

Quorr folgt mit langsam schlurfendem Gang.

- Das probiere ich aus.

Odette hilft beim Ausrichten.

- Nachher setze ich mich auf die Matratze.

Perl streicht sich über die Augenbrauen.

- Sie bietet viel Platz.

Fabiola fläzt sich.

- Ich breite mich aus.

Quorr plumpst auf die Matratze.

- Ich lasse mich fallen.

Odette streift mit der Zehenspitze Huchs Fuß.

- Gib der Ausstellung einen Titel.

Er nimmt die Schultern nach hinten.

- Soll die Eiche darin erscheinen?

Sie setzt sich.

- Das hätte sie verdient.

Perl streckt sich behaglich aus.

- Sie überragt alles.

Huch beugt den Ellbogen.

- Dann könnte der Titel „Die Eiche" heißen.

Fabiola guckt ihn eher leicht von unten an.

- Vergiss die Leinwand nicht!

Quorr verschränkt die Arme hinter dem Nacken.

- Sie sollte im Titel vorkommen.

Odette hält die Hand locker flatternd in die Luft.

- Ich sehe sie von der Matratze aus.

Perl blickt vertrauensselig.

- Ich schaue sie die ganze Zeit an.

Huch wartet eine Weile, bevor er zu sprechen anfängt.

- Was sagst du zum Titel „Die Leinwand"?

Fabiolas Lachen klingt fröhlich.

- Er gefällt mir.

Quorr klatscht begeistert.

- Er geht ins Ohr.

Eine Frau läuft fast schwerlos über die Wiese.

- Hallo, ich bin Uljana Vollmer.

Sie trägt ein Korsagen-Kleid.

202

- In der Nähe gibt es 2 Riesenbäume.

Odette schließt die Augen.

- Ich relaxe. Dann stehe ich auf.

Perl räkelt sich in gespielter Zeitlupe.

- Dazu brauche ich einen Augenblick.

Uljana streicht ihr Haar zurück.

- Nimm dir ruhig viel Zeit.

Sie tritt Huch auf die Zehen.

- Willst du auch ausruhen?

Er versetzt den ganzen Körper in Bewegung.

- Nein, es nimmt mich wunder, wie die Riesenbäume ausschauen.

Der Weg führt in einen Wald mit märchenhaft moosigen Ästen.

Uljana lässt den Blick über die Baumkronen schweifen.

- Was hast du lieber? Garn aus Hanf oder Garn aus Schafwolle?

Huch lässt Schultern und Arme locker herabhängen.

- Wozu sollte ich Garn brauchen?

Sie weist mit dem Kopf auf die 2 alten Eichen.

- Du könntest sie miteinander verbinden.

Ein Mann macht kleine Schleifschritte.

- Hallo, ich bin Eraldo Wick.

Er trägt eine Pagenlivree und bringt eine Garnspule.

- Darf ich ein Spinnennetz zwischen die Bäume spannen?

Uljana winkelt den rechten Fuß an.

- Soll ich dir helfen?

Er rennt zwischen den Stämmen hin und her, rollt das

Garn ab.

- Nein, ich werde es im Handumdrehen erstellen.

Sie tauscht einen Blick mit ihm aus.

- Wird es fest oder dehnbar?

Wick verbindet das Garn und die Bäume blitzschnell weiter.

- Soviel ist sicher: Es wird nie reißen.

Ein riesiges Netz entsteht.

Uljana reckt das Kinn.

- Ist es stark genug? Könnte ich mich hineinlegen?

Er verknotet die Stränge.

- Locker! Es bietet allen Platz.

Sie springt ins Netz.

- Es ist wie ein Sofa.

Wick sieht Huch anfeuernd an.

- Jetzt bist du an der Reihe!

Huch holt Luft.

- Was sagst du?

Uljana räkelt sich glücklich im Garn.

- Ich möchte, dass du es ausprobierst.

Wick nimmt Anlauf.

- Soll ich es dir vormachen?

Huch winkelt die Arme an.

- Ja, du kennst dich im Netz aus.

Uljana reckt und streckt sich.

- Landest du auf den Füßen?

Wick wirft sich ins Netz.

- Nein, auf dem Rücken.

Eine Frau schleicht lautlos aus dem Busch.

- Hallo, ich bin Quillaja Regler.

Sie trägt ein Minikleid.

- Es gibt im Wald markante Großbuchstaben.

Uljana kreuzt die Beine.

- Leg dich zu uns.

Wicks Augendeckel klappen zu.

- Das Netz ist wie eine Hängematte.

Quillaja winkt Huch zu.

- Wir könnten ein Stück des Weges vorausgehen.

Er hebt die Hände.

- Sind die Buchstaben aus Holz?